# UN AGENT
# TRÈS SECRET

Le Prix du Quai des Orfèvres est décerné chaque année sur manuscrit anonyme, par un Jury présidé par monsieur le Directeur de la Police Judiciaire de la Préfecture de Police de Paris, 36, Quai des Orfèvres, et proclamé par monsieur le Préfet de Police de Paris.

Décembre 1987.

Du même auteur :

*Souvenirs d'un autre monde*, poèmes,
Henri Pinson éditeur, Les Sables-d'Olonne, 1983.

FRANÇOIS LANTRADE

# UN AGENT
# TRÈS SECRET

FAYARD

© Librairie Arthème Fayard, 1987.

# CHAPITRE 1

Paris, 1ᵉʳ mai 1986

Au Quai des Orfèvres, dans le bureau des inspecteurs de la Brigade criminelle, les inspecteurs de permanence, Jules Lecocq et Pierre Barsac, bavardent avec le nouveau stagiaire, Félix Cabriès, jeune Provençal plein de fougue dont « l'assent » chantant donne une saveur particulière aux propos vigoureux qu'il échange avec l'inspecteur Lecoq qui ne résiste pas au plaisir d'asticoter le nouveau, histoire de voir s'il a de l'estomac!

L'inspecteur Lecoq, lui, n'en manque pas. Son accent de Belleville contraste singulièrement avec celui de Cabriès, et il vante avec force détails et grimaces les charmes de la Butte et de Ménilmontant.

Pierre Barsac sourit en écoutant son collègue, au demeurant le meilleur des hommes, qui à travers quelques propos acidulés cherche autant à « tuer le temps » qu'à faire « marcher le nouveau » et, sous prétexte de le mettre au parfum, lui dévoile tous les potins du service. Chez lui, c'est chronique, dès qu'un stagiaire arrive, il ne peut résister à la tentation de lui raconter sa vie et même, non sans quelque malice, celle des autres. Et ça donne toujours quelque chose comme : « Moi, je n'ai que mon certificat d'études! Moi, monsieur, j'ai commencé à la circulation et j'ai grimpé tout seul quelques barreaux. Oh! de gros malins de tous bords ont bien essayé de me mettre une sourdine, mais personne n'a encore réussi à la faire boucler à Joseph, Amédée, Jules Lecoq... dit Julot! »

« Ma parole, pense Barsac, il se prend pour Cyrano! »

Il faut dire que lorsqu'il commence, le Jules en question, on n'a pas fini de l'entendre. Ses tirades sont aussi célèbres à la P.J. que celles de Rostand au Français! Et un interrogatoire mené par lui, ça vaut le déplacement, c'est bigrement efficace!

Le jeune Cabriès n'a pas, lui non plus, la langue dans sa poche et il contre-attaque :

– Non, mais voyez-vous ça... parce qu'on est Parisien, on veut épater tout le monde? Mais mon « pôvre », si vous aviez seulement aperçu un rayon du soleil de Provence, vous en seriez encore tout ébloui!...

Cependant la joute verbale cesse rapidement. Lecoq va et vient dans le bureau, les mains derrière le dos, et bougonne :

— Quelle poisse de rester enfermé ce matin, pour une fois que le soleil montrait le bout de son nez! Après plus d'un mois de grisaille et de pluie! Seulement voilà, aujourd'hui on défile et, souvent, les défilés, ça tourne mal... alors il faut être paré pour aller calmer les excités et ramasser quelques coups par la même occasion.

— Holà! dit Barsac, ça ne va pas fort, mon vieux Lecoq; pas possible, tu es en pleine déprime. Toi aussi, tu vas te mettre à revendiquer?

— Et pourquoi pas? réplique Lecoq. D'abord, c'est la mode. Tout le monde revendique : les travailleurs, les patrons, les députés, les potaches... Maintenant on revendique même les prises d'otages, les hold-up, les attentats! Quelle époque! Tu comprends ça toi, Olive?

Le jeune Cabriès, dont les oreilles commencent à chauffer, réplique sèchement :

— D'abord, je ne m'appelle pas Olive mais Félix; ensuite, je préfère te faire savoir que tu ne m'impressionnes pas du tout et qu'avec moi, c'est pas la peine de rouler les mécaniques; ça me fait autant d'effet que le gendarme de Guignol. Faudrait pas croire que le petit provincial est tombé de la dernière pluie, et d'abord il pleut jamais à Marseille... Quelquefois, il tombe un peu d'eau, c'est tout... Alors, tu règles ta musique un demi-ton au-dessous et on sera copains.

– Dis donc, Lecoq, tu l'as cherchée celle-là!

– Bon, ça va! Si tu prends la mouche pour si peu, c'est à croire qu'il n'y avait que des muets dans ton équipe de Marseille!

– Dites, Inspecteur, demande Cabriès à Barsac, qu'est-ce qu'il faut faire pour le calmer votre collègue? Je viens de passer six mois à « l'Evêché » de Marseille avec le père Maurin, alors croyez-moi, je suis blindé!

– Oh! Bonne Mère, retenez-moi, fait Barsac en prenant « l'assent », ne dis jamais de mal de mon père adoptif, petit, ou je te réduis à l'état d'une pomme d'amour qui se serait fourvoyée dans un moulin à légumes.

– Excusez-moi, Inspecteur, je ne savais pas... mais aussi pourquoi votre collègue me bouscule-t-il depuis un moment? Ma parole, vous passez votre temps à vous engueuler ici!

– Ecoute, petit! dit Barsac, on se calme et on met les choses au point une fois pour toutes. Ici, il n'y a pas de monsieur l'Inspecteur ni de collègues, mais une équipe de copains qui tirent dans le même sens. Il y a Mallaud le Principal, Lecoq ici présent, Dumas, Moisan, Lucas que tu verras demain et maintenant Cabriès. Voilà l'équipe de la Brigade criminelle sous les ordres du commissaire divisionnaire Legros...

— Oui, je sais, et vous l'avez surnommé « Maigret », parce que vous, les Parisiens, vous manquez un peu d'imagination!

Lecoq en a le souffle coupé, il cherche ses mots... puis, en fin de compte, demande au jeune stagiaire :

— Alors, toi qui as de l'imagination, tu l'aurais surnommé comment?

— Sais pas », répond Cabriès, pris de court. Pour se rattraper, il ajoute : « Je n'ai pas réfléchi à la question. Parce que nous, à Marseille, on réfléchit avant de dire des bêtises!

— C'est ça, dit Barsac... comme ça, après réflexion, une bêtise ça devient une idée de génie.

— Oh! mais dites donc, vous avez bientôt fini de me casser les pieds? Si vous continuez à m'engueuler, je demande à retourner à Marseille!

— Ne prends donc pas tout de travers, lance Barsac, on peut faire son boulot avec un peu d'humour, non? Et si on s'engueule, comme tu dis, ça prouve qu'on est en bonne santé!

— Et d'abord on t'engueule pas, eh! patate, reprend Lecoq qui se hâte de tempérer ses propos. Ici, on s'engueule jamais, on discute! Et, si on discute, ça veut dire qu'on échange et... si on échange, ça veut dire qu'on s'exprime, qu'on donne son avis et qu'on n'essaie pas

« d'en... soleiller » les autres avec des propos tendancieux. En résumé, ça veut dire qu'on joue le jeu comme dans une vraie équipe; tu viens de faire la preuve que tu as du bec, on verra sur le terrain si tu as des ongles...

– Soyez tranquilles, à vous d'envoyer de bons ballons et je marquerai des buts.

– Voilà qui est bien, conclut Lecoq! Mais, bon sang, que c'est long une matinée, enfermé dans un bureau! Quelle heure est-il? 10 h 15, seulement! Pas possible, ma montre est arrêtée...

– Ecoute, Lecoq, je ne suis pas plus heureux que toi de rester bloqué ici, mais on applique les nouvelles instructions du grand patron. Dès qu'il se passe quelque chose de sérieux ou d'anormal dans un quartier, nous devons être alertés et aller voir sur place. Surtout lorsqu'il s'agit d'étrangers. J'ai l'impression que les grands patrons sont très axés sur les affaires de terrorisme... et que nous n'allons pas tarder à recevoir des instructions particulières à ce sujet.

– Ben voyons! dit Lecoq. On n'avait pas assez de boulot comme ça... Maintenant, il va nous falloir courir d'un bout à l'autre de Paris au moindre fait divers; c'est plus un métier, ça! Et, si encore on avait un petit espoir d'avancement... mais non, l'horizon est aussi bouché que le temps pendant tout le mois d'avril... Et, aujourd'hui, enfin il fait beau et il faut rester enfermé dans cette...

— Qui ne veut se donner aucun mal, ne mérite aucun bien! affirme sentencieusement Barsac pour couper court à l'évocation de ces multiples inconvénients du métier dont il a depuis longtemps pris son parti.

— Oh! que cela est bien exprimé, raille Lecoq, et c'est de toi?

— Non, de Voltaire!

— Tu vois, petit, dit Lecoq en se tournant vers le jeune Cabriès, il faut toujours qu'il nous jette son érudition à la tête... » Et à Barsac : « Tu ne sais pas dire comme tout le monde : On n'a rien sans peine?... En attendant, ce que je vois, moi, c'est qu'il va falloir galoper un peu plus... Es-tu bon marcheur, Félix?

— Je me défends, répond Cabriès, mais ne compte pas me faire marcher avec tes salades... ça pourrait tourner au vinaigre!

— Mais il est plein d'esprit ce garçon, dit Lecoq en se tournant vers Barsac. Dommage qu'il soit aussi agressif, parce que, moi, je mets de l'huile dans mes propos, alors avec son vinaigre il va faire tourner ma mayonnaise! Si tu vois ce que je veux dire...

— Qué ta mayonnaise! Chez nous, on ne connaît que l'aïoli et ça tourne pas, l'aïoli!

Barsac hoche la tête et sourit, mais se hâte de calmer le jeu :

— *Break!* Terminé pour les amabilités », dit-il sans illusion, car, en raison de leur tempérament, Lecoq et Cabriès prendront toujours un malin plaisir à se frictionner les oreilles. « On se calme, ajoute-t-il, et on jette un coup d'œil sur le plan de Paris pour savoir où il vaut mieux ne pas passer si on nous appelle.

Penchés sur le plan que Barsac vient de déployer sur le bureau, les trois policiers tracent les itinéraires des différents défilés prévus par les organisations syndicales.

— F.O. doit actuellement se trouver à hauteur du Père-Lachaise, dit Lecoq, et la C.G.T. qui va de la Bastille à Richelieu-Drouot en passant par la République doit se trouver du côté du boulevard Saint-Martin. Quant à la C.F.D.T., elle ne créera pas d'encombrements car elle descend la Seine en péniche...

— En péniche? dit Cabriès au comble de l'étonnement.

— Oui, en péniche, réplique Lecoq. Que veux-tu, ils n'avaient sans doute pas assez de passagers pour demander le concours de l'escadre de la Méditerranée!

— Autrement dit, ricane Cabriès, la C.F.D.T. mène ses adeptes en bateau?

— Tu vois, dit Lecoq à Barsac, il a de l'esprit notre jeune collègue et avec le temps...

Mais Lecoq n'a pas le loisir de terminer sa phrase... Dès le premier appel de la sonnerie, il a décroché le combiné :

— Allô, ici Brigade criminelle...

— C'est l'état-major? interroge Cabriès.

— Allô, oui... Le commissaire Legros?... Non,

il est passé ce matin avec Mallaud, mais il a filé... Quoi?... Mais non, pas au défilé; il a filé, il est parti, quoi! (A Barsac : « Ils ont les oreilles bouchées dans le 3e. »)... Euh! oui, je vous entends, rue du Temple... au 82... Le central téléphonique, rue des Haudriettes... oui, je connais. Nous y allons. » Et, raccrochant : « Barsac, demande une voiture! »

– Cabriès, ordonne Lecoq en enfilant sa veste, tu vas rester ici. Dumas sera là dans une heure et si le patron revient, tu le mets au courant. En cas d'urgence, tu nous appelles au commissariat du 3e ou au 82, rue du Temple... débrouille-toi pour trouver le numéro!

– Compris, dit le jeune Félix, et bonne promenade!

– C'est grave? demande Barsac en suivant Lecoq.

– Le commissaire m'a parlé d'un meurtre sur la voie publique.

Félix Cabriès regarde ses deux anciens, un petit sourire au coin des lèvres. « Ils ne m'auront pas facilement, les Parisiens, murmure-t-il... mais au fond, ils doivent faire une fameuse équipe... Je crois que je vais me plaire ici; mais, Bonne Mère, faites que le soleil remonte un peu vers le Nord!... »

# CHAPITRE 2

En cette même matinée, au ministère de l'Intérieur, on analyse les premiers résultats des nouvelles mesures prises pour lutter contre le grand banditisme et le terrorisme.
Le nouveau directeur central des Polices urbaines, le préfet Boulard, souligne que la surveillance accrue aux frontières et les divers contrôles effectués sur le territoire ne seront efficaces que s'il existe une parfaite coordination entre tous les services.
– On nous taxe de laxisme, dit-il, et on parle beaucoup trop, à mon gré, de guerre des polices. Cela doit cesser. Tous les services de police et de gendarmerie doivent collaborer et je suis bien décidé, si cela s'avère nécessaire, à abattre les cloisons qui seraient un peu trop étanches!
... C'est le genre de discours où chacun peut en prendre pour son grade, mais tous les

participants savent que l'avertissement du nouveau responsable des Polices urbaines porte la marque de son auteur et que le préfet Boulard va, une fois de plus dans sa carrière, bousculer bien des habitudes.

— Tout à fait de votre avis, monsieur le Préfet, dit le nouveau directeur, mais faut-il encore que tout le monde adhère à cette façon de voir. Or, nous en sommes loin. C'est tout un état d'esprit qu'il faut modifier, aussi bien dans les services, que dans les mentalités des gens! Vous parliez de guerre des polices, mais pour nous c'est pire que cela; ce qui domine, c'est la peur du gendarme, guère flatteur pour nous.

— On dit aussi que c'est le commencement de la sagesse, réplique le préfet; mais je suis d'accord avec vous. Et, s'il le faut, nous changerons les hommes s'ils ne changent pas de comportement... Voyez-vous, la sécurité intérieure et la sécurité extérieure sont deux notions inséparables. Ce qui nous manque le plus actuellement, c'est la transmission rapide des informations et une parfaite coordination de tous les services, sans exception... Je pense, par exemple, à ce que nos agents de Casablanca et d'Ankara nous ont transmis hier : certains éléments devraient en être répercutés, car, au cours d'une enquête banale, un policier ou un gendarme peut très bien découvrir un indice nous permettant de localiser l'agent libyen dont nous avons perdu la trace, un certain capitaine Tamir. Nous avons la preuve de l'origine libyenne de nombreux actes terroristes... Le 18 avril dernier à Ankara, on a arrêté cinq sujets libyens qui venaient d'échouer dans leur tentative d'attentat contre un cercle d'officiers américains, attentat dans lequel serait fortement impliqué le numéro deux du consulat de Libye à Ankara! D'autre part, il est certain qu'après son échec pour prendre la tête d'une grande organisation africaine, le colonel Kadhafi n'avait pas besoin de l'attaque aérienne des U.S.A. pour exciter sa colère et décupler ses idées de vengeance à l'égard de plusieurs pays, dont la France, qu'il juge hostiles à sa politique. Enfin, un événement très récent vient de déclencher une violente colère chez le « bouillant colonel » : c'est l'affront subi à la suite de l'échec du sommet de Fez, prévu pour le 28 avril. La délégation libyenne est bien venue à Casablanca, vers le 25, je crois; mais, n'ayant pu se mettre d'accord avec les représentants du Maroc, elle est rentrée bredouille à Tripoli. J'ai là les dépêches qui font état de violents discours du chef de l'Etat libyen, à la radio, au cours desquels il aurait menacé de représailles tous les pays occidentaux sans exception, car, aurait-il déclaré, tous sont complices des Américains. Ça, c'est la menace, mais il y a aussi l'intoxication et, avec un personnage comme Kadhafi par exemple, on peut s'attendre à tout. Ecoutez ce message reçu cette nuit : « ... La délégation libyenne, arrivée à Casablanca dans la soirée du 24 avril, a été logée au grand hôtel de la ville, place Mohammed-V. Cette délégation comprenait un officier de l'état-major de Kadhafi, le capitaine Abdérahim. Tamir. Or, dès le 25 cet officier a disparu. Il n'a assisté à aucune réunion avec la délégation et on ne trouve aucune trace de son départ, ni par air ni par mer!

— Mais, interrompt le préfet Boulard, si cet officier était chargé d'une mission secrète, pourquoi aurait-il gagné Casablanca avec la délégation libyenne, au risque d'être aussitôt repéré, ce qui semble bien être le cas?

— Et, si le capitaine Tamir avait abandonné la délégation de son plein gré pour des raisons personnelles? demande le patron des C.R.S. Nous savons que tous les officiers de Kadhafi n'approuvent pas sa politique... Cet officier est-il en France?

— Après tout, reprend le directeur de la D.S.T., rien ne prouve que cet officier n'a pas tout simplement précédé en U.R.S.S. le numéro deux libyen, le commandant Jalloud, qui est parti pour Moscou le 28 avril, immédiatement après le ratage du sommet de Fez...

— Oui, reprend le préfet Boulard, rien ne prouve en effet que cet officier soit actuellement en France. Tout cela est très préoccupant, nous ne devons rien négliger de toutes ces informations et ne pas oublier que, bien souvent, on cherche à nous aiguiller dans la mauvaise direction. Ne perdons pas de vue que l'intoxication n'est pas le fait des seuls pays arabes.

— Mais aussi de Moscou! ajoute le patron de la D.S.T.

— Exactement, dit le préfet. J'ai donc décidé que désormais, dans chaque service, un fonctionnaire sera spécialement affecté à la recherche de ce genre d'informations : par exemple, un officier de police judiciaire particulièrement qualifié, qui continuera d'exercer ses fonctions habituelles et dont cette activité très spéciale ne sera connue que de son chef direct.

— Une sorte d'agent secret, fait le directeur de la D.S.T. Vous allez nous faire concurrence, monsieur le Préfet!

— Un « agent » particulier, secret si vous voulez, mais absolument pas concurrent des vôtres, car vos agents peuvent également nous transmettre des informations précieuses... Du reste, vous allez, vous aussi, détacher quelques-uns de vos fonctionnaires, ils seront provisoirement intégrés dans les principales brigades de la P.J.

— Et les moyens? demande le directeur de la D.S.T.

— J'ai déjà donné des ordres pour que ces agents disposent de moyens rapides de liaison et de transmission... Toutes leurs informations devront être immédiatement transmises à la direction de la D.S.T. qui saura les exploiter.

— Il va falloir trouver un James Bond dans chaque service, glisse le patron d'Interpol à son voisin.

— Mais, attention! poursuit le préfet Boulard, il n'y a pas de solution miracle et il faut bien se garder de succomber à « l'informationite », comme certains chefs cèdent à la « réunionite », fausse technique qui ne résout rien.

— Vous ne craignez pas que ces fonctionnaires soient très souvent déplacés pour rien? demande le directeur des Renseignements généraux.

— Peut-être, mais si sur dix déplacements, un seul permet d'enrayer une action terroriste, cela sera déjà payant. Qu'en pense-t-on à la P.J.?

— Je pense que l'enjeu vaut la peine d'essayer et je n'aurai aucune difficulté pour trouver les hommes nécessaires.

— On terrorise les terroristes si je comprends bien, dit le patron des C.R.S. Ça marchera peut-être avec les petits, mais avec les gros?

— Ça marchera si la chasse est bien organisée et, à ce sujet, je pense à quelqu'un qui serait efficace dans ce genre d'activité : l'inspecteur Barsac de la Brigade criminelle... Je le vois très bien dans ce rôle.

— Barsac? interroge le directeur de la D.S.T. Ce nom me dit quelque chose.

– C'est exact, vous l'avez convoqué il y a quelques mois à la suite d'un voyage qu'il a effectué au Maroc, dans le cadre d'une enquête sur un certain docteur Steney, accusé de meurtre et qui, grâce à lui, a été innocenté.

– Barsac? Ah non! Pas lui! tonne le patron de la D.S.T. C'est une tête de mule. Il m'a carrément refusé de passer chez nous, et vous savez pour quelle raison? Je vous le donne en mille... Il ne voulait à aucun prix quitter l'équipe de la brigade, comme un gamin qui est encore dans les jupes de sa mère... Et vous voulez en faire un cow-boy?

– Vous vous trompez complètement en ce qui concerne l'inspecteur Barsac, cher Collègue. C'est vrai, ce qui compte avant tout pour Barsac, c'est son équipe particulièrement soudée qui comprend le commissaire divisionnaire Legros, l'inspecteur principal Mallaud, six inspecteurs et un stagiaire. Et, pour ne pas quitter cette équipe, il a aussi refusé d'être affecté à Marseille où son père adoptif, le commissaire divisionnaire Maurin, a la responsabilité du S.R.P.J. Mais Barsac est un excellent officier de police judiciaire, intelligent, gros travailleur; il trouve même le temps de suivre des cours de droit et de rédiger des chroniques judiciaires pour un quotidien. C'est un homme courageux, un peu casse-cou peut-être, mais n'agissant pas inconsidérément et ne cherchant jamais à jouer au héros... Voilà en réalité le

Barsac qui a refusé de quitter son « équipe ».
J'ajouterai qu'il connaît bien l'arabe et les
Arabes, et que cela peut être très utile avec
certains de nos clients...

— Holà! Quel palmarès! Ma parole, comment
se fait-il que ce garçon soit encore simple
inspecteur? Ne prenez pas en mauvaise part ce
que j'ai dit de « votre Barsac », car en fin de
compte, il ne me déplaît pas d'avoir affaire à
des hommes qui savent dire non. Et, si vous
pensez...

— Je pense, coupe le directeur de la P.J., que
je désignerai Barsac pour remplir cette fonction, si monsieur le Préfet est d'accord?

— Bien, conclut le préfet Boulard. Vous étudierez tous ce problème, vous désignerez des
hommes compétents et nous ferons le point
dans quelques jours. Il faut absolument me
retrouver la trace de ce capitaine Tamir! Je
vous rappelle simplement ceci : l'essentiel
pour intervenir efficacement, c'est de coordonner vos actions et d'agir comme semble le faire
si bien cette fameuse équipe que l'inspecteur
Barsac ne veut pas quitter...

# CHAPITRE 3

Au volant d'une 204 POLICE, l'inspecteur Lecoq démarre en trombe, sirène hurlante, dès que Barsac a sauté près de lui.

— Vas-y doucement, conseille ce dernier en bouclant sa ceinture. Si notre client est déjà mort, inutile de risquer d'écraser un caniche imprudent!

— Tout ce qu'il y a de plus mort, paraît-il, « notre client » comme tu dis, et sur le trottoir, devant sa porte. Il semble qu'en voulant prendre l'air, il a par mégarde avalé un pruneau!

— Et tu trouves ça drôle?

— Non, bien sûr! mais que veux-tu y faire? De nos jours, c'est si fréquent, qu'il faut se durcir le cuir. Devant de pareils salauds, et quelles que soient les consignes, je peux te dire que mon P. 38 ne restera pas dans ma poche...

— Et allez donc! Pourquoi ne prends-tu pas

une mitraillette, tant que tu y es? Souvent, mes poings me suffisent.

– C'est ça, tu te crois plus malin que les autres. Le cow-boy qui n'a même pas besoin de dégainer pour terroriser ses adversaires! C'est bien comme ça que tu t'es fait assommer aux Sables-d'Olonne, il n'y a pas si longtemps?

L'inspecteur Barsac préfère ne pas répondre à ce rappel moqueur de l'origine d'une belle bosse au sommet de son crâne.

Lecoq, qui connaît Paris comme sa poche, longe les quais jusqu'au boulevard du Palais, passe la Seine au pont au Change, traverse la place du Châtelet et, par la rue de Rivoli, se dirige vers la rue du Temple, à sens unique dans le sens Hôtel de Ville-République.

– Tu connais bien ce quartier du Temple? demande Barsac.

– Oh oui! J'y ai traîné mes baskets dans ma jeunesse. C'est un des vieux quartiers de Paris que j'aime bien, avec ses vieilles maisons, ses boutiques d'artisans installés dans les rues qui entourent le Carreau. Quand j'étais gosse, j'avais un bon copain, le fils d'un marchand de vêtements, rue de la Corderie. Son père louait aussi des costumes de travestis et des masques de carnaval... Ce qu'on a pu rigoler! On se déguisait, avec fausse barbe et moustache ou perruque, et on allait marchander chez les autres commerçants, rue de Picardie ou Dupetit-Thouars, sans jamais rien acheter, bien entendu... On n'avait pas le sou! Un jour, on est même allés se faire prendre les mesures pour un costume chez un tailleur de la rue du Temple... Comme tu l'imagines, il ne nous a jamais revus...

L'inspecteur Lecoq arbore un sourire épanoui à l'évocation de ses souvenirs de jeunesse et continue à se glisser entre deux files de voitures qui se rangent au signal de la sirène.

– Le 82 est juste avant la rue des Haudriettes, dit Barsac en notant le point sur son plan. A l'angle opposé, il y a le central téléphonique.

– O.K., dit Lecoq, et un peu plus haut, l'église Sainte-Elisabeth. Je la connais bien aussi, parce qu'un jour le curé...

L'appel de la radio coupe la fin de sa phrase, si bien que Barsac ne saura probablement jamais ce que ce brave curé est venu faire dans la vie de ce mécréant de Lecoq.

– Allô, voiture sept, répondez...
– Voiture sept écoute. A vous...
– Voiture sept, donnez position. A vous...
– Abordons rue du Temple. Dans quelques minutes au 82. A vous...
– Voiture sept, commissaire Legros vient vers vous. Terminé...
– Bien compris. Terminé... Diable, dit Barsac en raccrochant le micro, si le patron est déjà sur notre piste, c'est qu'il y a quelque chose de particulier.

— Bah! Pas forcément... Il avait peut-être tout simplement envie de prendre l'air. Et puis, il y a ces nouvelles consignes concernant le terrorisme...

— Tu crois que c'est un coup de terroriste?

— Comment veux-tu que je le sache? L'état-major s'est borné à me dire : « Meurtre sur la voie publique, 82, rue du Temple. Rendez-vous sur place! » C'est tout ce que je sais, mon vieux!

A grand renfort de sirène, Lecoq se fraie un passage entre les voitures qui avancent lentement en direction de la place de la République, mais au carrefour de la rue Rambuteau, la circulation est déviée vers la rue des Archives. Le C.R.S. qui règle provisoirement le trafic prévient les policiers que la circulation est bloquée entre Rambuteau et les Haudriettes.

Lecoq se gare à cheval sur la chaussée et le trottoir, puis les deux policiers se précipitent vers le 82.

Ils doivent jouer des coudes pour s'ouvrir un passage dans le groupe des personnes qui ont plus ou moins été témoins du drame et en discutent bruyamment. On en entend de toutes les couleurs : « C'est une honte, en plein Paris », dit l'un. « Il n'y a plus de sécurité! » dit un autre.

— Que s'est-il passé? demande Lecoq à l'un des gardes qui tient les curieux à distance.

— Je ne sais pas grand-chose, répond celui-ci.

Il s'agit de David Baumann, un tailleur; il était sur le pas de sa porte, il a reçu une balle en pleine poitrine; il est tombé sur le trottoir, la face en avant. Ce sont des passants qui ont alerté sa femme. L'ambulance vient d'enlever le corps.

Sur le trottoir, il ne reste qu'une tache rouge et le dessin à la craie du corps de la victime.

— Pourquoi a-t-on déjà enlevé le corps? interroge Barsac.

— C'est l'ambulance qui est arrivée la première. L'homme respirait encore, alors ils l'ont placé sous perfusion; c'est le conducteur qui a fait le tracé à la craie...

A l'intérieur, le commissaire Brilland du quartier Sainte-Avoie inspecte l'atelier.

— Je n'ai pu échanger que quelques mots avec la femme de la victime, dit-il aux inspecteurs. Elle est très choquée. Le rabbin Mella, leur ami qui venait voir son mari, est près d'elle. Il faut attendre un peu pour l'interroger. D'après les premiers témoignages, deux passants ont vu le tailleur apparaître sur le pas de la porte et tomber aussitôt en avant, au moment où une moto montée par deux hommes passait en trombe. Ils sont affirmatifs, le passager de la moto avait le bras droit tendu en direction de la victime. Ils ont l'impression que le passager de la moto tenait un revolver, mais ils n'ont pas entendu de détonation, à cause de la brusque accélération de la moto qui a disparu vers le haut de la rue du Temple. Ces témoins sont dans la pièce à côté avec un de mes inspecteurs, vous allez pouvoir les interroger vous-mêmes... Pour ma part, je vous laisse, car je suis convoqué chez le directeur de la P.J., ainsi que tous les commissaires de quartiers... Ah! ajoute-t-il avant de les quitter, votre patron vient de nous prévenir par radio qu'il arriverait sur les lieux dans quelques minutes...

Rue du Temple, la circulation a repris normalement. Devant le 82, il ne reste que cinq personnes. Leurs témoignages, recueillis par deux agents, sont assez contradictoires.

L'inspecteur Barsac gagne la pièce dans laquelle l'inspecteur Blanchet du quartier Sainte-Avoie a enregistré les déclarations des deux principaux témoins, ceux qui ont vu tomber le tailleur au passage de la moto.

Dans la rue, l'inspecteur Lecoq essaie de glaner quelques informations mais ni l'un ni l'autre ne découvrent rien de plus que ce qu'ils savent déjà, c'est-à-dire peu de chose. Leur identité relevée, les témoins ont été libérés, munis d'une convocation au Quai des Orfèvres pour le lendemain afin de confirmer leurs dépositions.

Le commissaire Legros arrive au moment où le rabbin Mella quitte la femme de la victime.

– Rachel Baumann est très éprouvée, monsieur le Commissaire, dit-il, le docteur est près d'elle; il demande d'attendre encore un peu pour l'interroger. Au demeurant, elle ne pourra que confirmer les déclarations des témoins. Tout à l'heure elle a entendu crier dans le couloir, elle est sortie et a vu un groupe de personnes entourant un homme à terre, c'était son mari. Elle se souvient que quelqu'un a demandé s'il y avait un téléphone et elle a perdu connaissance. C'est un des premiers témoins qui a appelé d'abord le S.A.M.U., puis le commissariat. Je suis arrivé en même temps que l'ambulance, ajoute le rabbin; David m'avait téléphoné ce matin vers 9 heures pour me demander de venir le voir; je lui avais dit que je passerais en fin de matinée.

– Pensez-vous, monsieur le Rabbin, que David Baumann avait quelque chose d'urgent ou de particulier à vous communiquer? demande le commissaire.

– Ma foi, je ne saurais dire. Il m'a paru préoccupé, mais vous savez au téléphone... Cependant, en y réfléchissant... Voyez-vous, Commissaire, nous avions l'habitude de nous rencontrer chaque semaine, le vendredi à 15 heures, ici, donc je devais venir demain; alors, s'il m'a demandé de venir aujourd'hui, c'est probablement qu'il avait quelque chose d'urgent à me dire et qu'il ne pouvait le faire au téléphone.

— Et, vous n'avez aucune idée de ce que cela pouvait être ?

— Non. Pas la moindre. David Baumann était un homme simple, je le connais assez bien pour vous affirmer que vous ne trouverez rien de répréhensible dans sa vie.

— Vous le connaissiez depuis longtemps ?

— Il était mon cadet d'une dizaine d'années. Je l'ai rencontré en 1955 : il avait onze ans. J'ai connu ses parents à Buchenwald où ils sont morts tous les deux. En 1944, quelques mois après sa naissance, il avait été sauvé des Allemands par un oncle qui avait réussi à fuir vers l'Algérie. En 1955, ils sont revenus à Paris où David a retrouvé cette maison qui appartenait à son père, tailleur lui aussi. Avec son oncle, il avait appris le métier et, à eux deux, ils ont relancé l'atelier, se faisant rapidement une très bonne clientèle.

« A la mort de son oncle Samuel, il y a une dizaine d'années, David a engagé un ouvrier tailleur, Yan Piritz, un jeune Juif polonais. C'est aussi à cette époque qu'il a épousé Rachel, la fille unique de mon ami Huyssen, décédé depuis. David et sa femme s'entendaient merveilleusement ; leur seul regret était de n'avoir pas d'enfant. Ils étaient très bons tous les deux et ils traitaient Yan un peu comme leur fils.

— Yan Piritz logeait avec eux ?

— Non, les Baumann lui laissaient la disposition d'un petit deux-pièces au troisième étage.

Il prenait généralement le repas de midi avec eux mais je sais que le soir il dînait le plus souvent à *La Taverne des Templiers*, rue Vieille-du-Temple, à quelques pas d'ici.

— Et cet ouvrier n'était pas ici aujourd'hui?

— Non. Il ne devait pas travailler aujourd'hui. Cependant à travers ce que Rachel Baumann m'a dit, j'ai cru comprendre que son mari l'attendait pour aller livrer un costume. C'est peut-être parce qu'il guettait le retour de Yan que David était devant sa porte?

— Possible, en effet, dit le commissaire.

— Je crois vous avoir dit tout ce que je sais, Commissaire, puis-je me retirer? Je suis très en retard maintenant.

— Je vous en prie, monsieur le Rabbin. Je vous remercie pour ces premières informations sur la victime et sa famille. Bien entendu, nous devrons vous revoir dès que nous y verrons un peu plus clair.


— Alors, Patron, que pensez-vous de tout ça? demande l'inspecteur Lecoq dès que le rabbin a disparu.

— Pour le moment, je me garderai bien de penser quoi que ce soit, répond le commissaire Legros. Vous me prenez pour Sherlock Holmes?... Et vous, qu'en pensez-vous, docteur Watson?

— Ben, pas grand-chose, Patron... Voilà ce que j'ai noté : David Baumann, 42 ans, marié, sans enfant. Tailleur de son métier, installé ici depuis plusieurs années; aux dires des voisins, honorablement connu dans le quartier, très bonne clientèle, affaire florissante quoi! Abattu ce matin à 10 h 30, devant sa porte, par un coup de revolver tiré, d'après deux témoins, par le passager d'une grosse moto qui a aussitôt pris la fuite. Ces deux témoins sont formels... Pour le moment, c'est tout ce que nous savons, mais Barsac qui est retourné dans la rue, interroge les autres personnes qui se trouvaient à proximité lors de l'attentat.

— Eh bien! allons voir Barsac en attendant de pouvoir parler à Mme Baumann.

Sur le trottoir, Barsac est entouré de plusieurs personnes qui toutes ont vu quelque chose... L'une, une R18 qui stationnait devant le 80, l'autre, une camionnette arrêtée juste avant la rue des Haudriettes, une autre... un taxi rouge qui a filé derrière la moto des agresseurs, enfin une dernière qui est sûre d'avoir vu la moto tourner dans la première rue à droite.

Tous parlent en même temps et le commissaire sourit en voyant Barsac essayer de calmer les gens pour pouvoir noter quelque chose de valable.

— C'est fou, dit-il, ce que les témoins oculaires peuvent voir de choses!

— Oui, dit l'inspecteur Lecoq, et même des choses qu'ils ne peuvent avoir vues. Par exemple, la moto tournant à droite dans la première rue : c'est certainement faux, la rue des Haudriettes est en sens interdit vers la droite.

Leur conversation est interrompue par une scène amusante. Un jeune garçon d'une dizaine d'années tire l'inspecteur Barsac par la manche de son veston et, l'obligeant à se pencher vers lui, glisse à son oreille :

— M'sieur le Commissaire, je les ai vus, moi.

— Qui ça? demande Barsac, en suivant le gamin qui l'attire hors du groupe.

— Les assassins, parbleu! Les deux gars en moto et ils n'ont pas viré rue des Haudriettes, mais plus loin, rue Pastourelle, et ils ont filé vers les Archives...

— Eh bien! voilà qui est intéressant, mon garçon, dit Barsac. Raconte-moi ça. Et d'abord où étais-tu quand tu as vu les motards?

— Ben voilà, m'sieur le Commissaire; j'arrivais par la rue Pastourelle et, juste au coin de la rue du Temple, je les ai vus passer à toute pompe...

— Et tu as eu le temps de bien les voir? demande Barsac, intéressé par les propos du gamin.

— Oh! je veux..., réplique celui-ci, tout fier de pouvoir raconter sa petite histoire. Voilà, ils avaient tous les deux des culottes noires avec des bottes, un blouson et des gants noirs... et un casque intégral! Et alors, Commissaire, un de ces engins à vous faire rêver! Une 750 cm$^3$ Yamaha...

— Bravo, dit l'inspecteur Barsac, amusé par cette description imagée; et tu n'as pas vu le numéro de la moto, par hasard?

— Mais bien sûr que si, dit le gamin avec un petit sourire au coin des lèvres. C'était la moto n° 125, en gros chiffres sur son pare-boue arrière.

— Voilà des indications intéressantes, mais tu n'as pas vu le numéro minéralogique, par hasard?

— Oh dis! Ça te suffit pas comme identification? Tu trouveras pas beaucoup de gens pour t'en dire autant, tu sais!

— Ça, je suis bien d'accord avec toi. D'abord, il faut en connaître un rayon. Tu vois, moi, j'ai une moto, mais je serais incapable de distinguer une Honda d'une Toyota. Alors, tu penses, un gros cube! Tiens, voilà notre patron. Tu vas voir que ta déposition va beaucoup l'intéresser.

— Comment t'appelles-tu, mon garçon? demande le commissaire Legros qui a suivi attentivement la conversation.

— Jean Lelièvre, dit Jeannot Lapin... à cause de mes oreilles!

— Diable! Et qu'est-ce qu'elles ont de particulier, tes oreilles?

— Elles entendent des choses que les autres n'entendent pas!

— Et tes yeux voient aussi des choses que les autres ne voient pas, la marque de la moto, par exemple... Et de ça, tu es bien sûr?

— Oh là là! et comment que j'en suis sûr! Un engin comme ça, on ne peut pas se tromper. Vous pensez, j'en vois tous les jours qui font leur cirque à Bercy, alors, je les connais toutes...

— Voyons, dit le commissaire en regardant son plan; tu dis qu'ils ont tourné rue Pastourelle, mais comment sais-tu que c'était la moto des assassins comme tu dis? Tu ne les as pas vus tirer sur le tailleur?

— Bien sûr que non, Patron, j'étais trop loin, mais j'ai compris ce qui s'était passé, en voyant l'attroupement et en entendant les gens. Mais je les ai bien vus arriver et virer au genou.

— Au genou?

— Oui, avec le genou au ras du sol, comme on prend les virages en course. C'est certain, allez, c'est bien la moto qui est passée devant le 82. Il n'y en avait pas d'autre dans la rue. Je peux même vous dire que le taxi rouge qui les suivait, lui, il a filé tout droit vers la République; même que je peux dire que le taxi était vide, il y avait que le conducteur et un gros chien à côté de lui.

— Eh bien! Jeannot Lapin, je te félicite. Tu as peut-être de grandes oreilles, mais tu as un fameux coup d'œil. Je crois que je vais t'engager comme inspecteur. En attendant, demain matin, pense à venir nous confirmer tout cela à la P.J. Tu demanderas l'inspecteur Barsac.

— D'accord, Patron, comptez sur moi...

Et tandis que le gamin part en sifflotant, le commissaire interroge du regard ses deux collaborateurs, mais aucun d'eux n'a le temps de dire quelque chose...

— Si vous le permettez, monsieur le Commissaire, je puis vous donner quelques précisions...

L'homme qui intervient ainsi est coiffé d'un feutre gris, porte un élégant complet gris clair, imperméable sur le bras et attaché-case à la main. Il s'exprime avec un calme qui contraste fortement avec l'excitation des autres témoins.

— Je vous en prie, dit le commissaire Legros.

— Jérôme Collin, industriel. Je sortais de mon domicile au 76, lorsque j'ai entendu crier et vu se former un attroupement devant le 82. Je n'ai donc rien vu de l'agression, mais au moment où je sortais, j'ai remarqué qu'une R18 bordeaux était arrêtée devant le 80, que le passager de cette voiture parlait avec un homme vêtu d'un costume gris plus foncé que le mien et qu'une moto montée par deux hommes était arrêtée derrière la R18, moteur au ralenti; le conducteur avait le pied droit au sol. Puis, la moto a démarré en trombe, doublé la R18, toujours à l'arrêt, puis doublé à droite le taxi rouge et disparu en direction de la République. C'est tout juste après le démarrage de la moto que j'ai été alerté par les cris des témoins du drame. Je n'ai pas relevé le numéro des véhicules, mais le jeune garçon a raison : la moto avait un numéro sur le côté arrière. Lorsque j'ai constaté que la police avait été prévenue, je suis revenu chez moi pour téléphoner à mon bureau, afin de pouvoir témoigner sur place de ce que j'ai vu.

– Voilà qui est fort intéressant, cher Monsieur, car cela pourrait signifier que le motard attendait la sortie du tailleur pour lui tirer dessus!... Encore fallait-il qu'un complice appelle David Baumann au moment précis où les motards arrivaient... sinon, ils risquaient d'attendre longtemps que le tailleur vienne devant sa porte!

– Ça c'est sûr, Patron! fait Lecoq. C'est pourquoi on peut facilement imaginer qu'un complice ait donné un coup de sonnette sans s'arrêter; vous savez c'est facile à faire, tous les gamins savent pratiquer ce genre de sport; et sûrement que personne n'aura vu le geste...

– Possible, dit le commissaire. En tout cas, je vous remercie, Monsieur. Je vous demande, comme aux autres témoins, de venir demain matin à la P.J. pour signer votre déposition.

Puis, tandis que le témoin s'éloigne :

— Il vous faut maintenant essayer d'obtenir quelques précisions de Mme Baumann. Il est près de midi et demi, vous disposez d'une demi-heure et vous aurez le temps de grignoter un sandwich avant de regagner le bureau où j'ai convoqué toute la brigade pour 14 heures. J'ai des instructions particulières à vous communiquer, suite à une réunion des grands patrons ce matin au ministère. C'est ce que j'étais venu vous dire. Alors, soyez au Quai à l'heure, c'est important. Barsac, je vous verrai en particulier dans la soirée.

— Bravo, dit Lecoq, tandis que le commissaire regagne sa voiture, encore un repas qui sera remplacé par un coup de sifflet...

— Bah! lance son collègue en l'entraînant vers l'atelier, nous dînerons mieux ce soir. Je t'invite à *La Taverne des Templiers*, rue Vieille-du-Temple, tu sais, le restaurant où l'ouvrier de Baumann prend ses repas le soir... Le serveur pourra peut-être nous parler un peu de Piritz et nous joindrons l'utile à l'agréable...

— Toujours le mot pour rire, conclut Lecoq en hochant la tête, peu convaincu de l'utilité de mélanger le service et la gastronomie.

Lorsque les policiers entrent dans l'atelier, Rachel Baumann est assise près de la grande table de coupe. Elle essuie ses paupières et lève des yeux rougis par les pleurs vers les deux inspecteurs. Elle paraît calme. Tout en refermant sa trousse, le docteur Bénaïm lui dit :

– J'ai encore deux visites à faire; mais je reviendrai dans la soirée. Dans une heure, prenez un autre comprimé. » Puis s'adressant aux policiers : « Soyez compréhensifs, Messieurs. Ce drame est terrible pour Mme Baumann qui a déjà tant souffert dans le passé.

– Rassurez-vous, Docteur, dit Barsac, pour l'instant, nous nous bornerons à vérifier l'essentiel, notamment ce qui concerne leur ouvrier qui semble avoir disparu depuis hier soir...

– Madame Baumann, je sais ce que peut avoir de dérisoire tout ce que l'on peut dire en pareille circonstance; je compatis à votre peine, mais il faut découvrir le meurtrier de votre mari.

– Je comprends, Monsieur, asseyez-vous. Je peux répondre à vos questions maintenant.

– Bien entendu, vous n'avez aucune idée de ce qui s'est passé réellement, ni qui a pu commettre ce meurtre?

– Non, Inspecteur. J'étais au fond de l'appartement, dans la cuisine qui donne sur la cour. J'ai entendu crier; j'ai traversé le magasin et, arrivant dans le couloir, j'ai vu la porte d'entrée grande ouverte. Dans la rue, il y avait un attroupement et à terre... c'était horrible... mon mari...

De nouveau les larmes coulent sur son visage. Manifestement, elle fait un effort considérable pour se dominer et reprendre son récit :

– J'étais penchée sur son corps, il ne bougeait plus. Des gens criaient à côté de moi; il y avait beaucoup de bruit dans la rue. J'ai entendu quelqu'un dire : « Il faut téléphoner à la police... » J'ai perdu connaissance. Lorsque je suis revenue à moi, j'étais dans la chambre, notre ami le rabbin Mella était près de moi. Puis, le Dr Bénaïm est arrivé et il m'a donné un calmant.

– Savez-vous pourquoi votre mari était devant la porte? Avait-il été appelé? Attendait-il quelqu'un?

– Nous attendions Yan, notre ouvrier, qui devait livrer un costume ce matin vers 11 heures. A 10 heures, ne le voyant pas venir, mon mari est monté dans sa chambre. Il en est revenu en me disant : « C'est curieux, Yan ne semble pas être rentré cette nuit. Son lit n'est pas défait. » Et il a ajouté : « S'il n'est pas là dans une demi-heure, il faudra que j'aille livrer ce costume, car le client doit quitter Paris en fin de matinée... » Je suis allée dans la cuisine, il est resté dans l'atelier; c'est peu après qu'il a dû aller devant la porte, avec l'espoir de voir Yan arriver.

— Ce costume était-il emballé, madame Baumann?

— Oui, je l'avais préparé hier après-midi. Le client avait recommandé à Piritz de venir avant midi.

— Il avait donc demandé que son costume soit livré par Piritz?

— Oui, car c'est Piritz qui est allé effectuer les essayages chez lui.

— Cela arrive souvent que Piritz aille faire des essayages à domicile?

— Oh non! Mais ce client, que nous ne connaissons d'ailleurs pas, est venu il y a une huitaine de jours; il voulait un costume pour la fin du mois. Il a choisi le tissu et la forme; mon mari a pris ses mesures et c'est à ce moment-là qu'il a demandé que l'essayage se fasse à son domicile, un soir de la semaine, car il se déplace beaucoup. Il a même réglé immédiatement par chèque.

— Madame Baumann, pouvez-vous nous préciser la date de cette commande et le nom du client?

— Certainement, tout est inscrit sur ce registre... Voyez, le 23 avril, M. Ahmed Rahim, 16, rue Keppler dans le 16e arrondissement. Tissu n° 2 147, veston droit, deux boutons. Pour le 30 avril à 17 heures. Réglé par chèque : B.N.P. 3 850. Essayage à domicile le 28 courant.

— Et votre ouvrier a effectué cet essayage?

— Oui, lundi soir vers 17 heures. Mon mari a

terminé le costume mercredi matin et je l'ai mis en carton aussitôt pour que Piritz puisse le livrer le soir comme le lui avait demandé le client.

— Et... ce carton que vous aviez préparé?

— Il est toujours là, sur la table de coupe », dit Rachel Baumann en allant chercher le paquet. Puis l'ouvrant elle ajoute : « Le costume est tel que je l'avais plié.

— Que pensez-vous de l'absence de votre ouvrier? demande encore Barsac.

— Je ne comprends pas, Inspecteur. Yan a dû oublier, mais c'est bien curieux!

— Ce n'est pas son habitude?

— Au contraire... Il est toujours extrêmement précis dans tout ce qu'il fait. Il n'a jamais manqué un seul jour depuis qu'il travaille avec nous. Et, c'est bien rare qu'il ne rentre pas le soir!

— Peut-être est-il resté chez des amis? Savez-vous où on pourrait le joindre actuellement?

— Non, je ne sais pas! Nous ne lui connaissons qu'un seul ami. Un Polonais comme lui qui travaille chez Renault. Yan nous l'a présenté, il y a quelques mois. Je sais qu'ils dînent souvent ensemble à *La Taverne*, rue Vieille-du-Temple, et qu'ils font partie tous les deux d'une association de compatriotes polonais. Ils allaient ensemble aux réunions.

— Vous connaissez l'adresse de cet ami? Par lui, nous pourrions avoir des nouvelles de

Piritz et savoir s'il l'a vu hier soir. Comment s'appelle-t-il?

— Rolph Marik. Je sais qu'il habite Suresnes et que lorsqu'une de leurs réunions se termine tard, il vient passer la nuit chez Yan. Mais, je ne connais pas son adresse exacte... Cependant, j'y pense tout à coup... depuis une semaine, il venait coucher tous les soirs chez Yan; il avait été licencié et, d'après Yan, cherchait une chambre dans le quartier.

— Savez-vous où se réunissaient les membres de l'association?

— Dans un bar, du côté de la République...

— Savez-vous si, hier soir, cet ami est resté chez Yan Piritz?

— Non, nous ne l'avons pas vu. Cela nous a d'autant plus étonnés, du reste, qu'il devait venir chercher Yan à 18 heures.

— Encore un mot, madame Baumann. Votre mari vous a-t-il paru inquiet ou préoccupé ces derniers temps?

Elle réfléchit quelques instants.

— Peut-être... J'ai l'impression qu'il était préoccupé par cet ami de Yan dont il nous avait annoncé le licenciement. Yan est très bon et je pense que David redoutait qu'il en fasse un peu trop pour son camarade.

— Je vous remercie, Madame, nous serons obligés de revenir vous voir mais, pour aujourd'hui, nous allons vous laisser vous reposer. Je vous demande simplement de nous autoriser à jeter un coup d'œil dans l'appartement de votre ouvrier. Mais, ne vous dérangez pas, je mettrai la clé dans votre boîte aux lettres avant de partir.

– Voici la clé de l'appartement du troisième. Je vous demande de bien refermer la porte. Ce soir, je n'aurai pas le courage de monter.


L'appartement de Yan Piritz comprend une entrée, une salle à manger, une petite cuisine et une chambre avec un cabinet de toilette. Première surprise pour les policiers, la porte n'est pas fermée à clé, et la clé est sur la serrure avec son porte-clés. A l'intérieur, tout est dans un remarquable état de propreté et d'ordre, mais extrêmement sévère. Pas une plante, pas une fleur, pas la moindre fantaisie.

Sur la table de la salle à manger, une petite vasque en métal argenté, vide. Dans la cuisine, tout est net comme si on venait de faire le ménage. Au-dessus de la plaque chauffante à gaz, quelques ustensiles et trois casseroles en alu dont le fond pourrait servir de miroir. Un petit réfrigérateur contient diverses boissons en petites bouteilles, du beurre, un sachet de tranches de jambon blanc et des fruits.

Dans la chambre, un pyjama est étalé sur la descente de lit; le lit n'est pas défait mais, incontestablement, quelqu'un s'y est étendu tout habillé, car la couverture a gardé l'empreinte d'un corps. Dans un secrétaire ancien, dont l'écritoire est resté ouvert, on trouve un vieux sous-main en cuir noir, contenant une prescription médicale du docteur Bénaïm, datée du 29 avril, quelques feuilles de papier à lettres et deux enveloppes; à côté du sous-main, un stylo bille, un crayon, une gomme. Dans les tiroirs, des cartes postales venant de Pologne et, d'après les textes en français, émanant de membres de sa famille. Puis, différents objets dont une chaînette en or avec une médaille frappée à Czestochowa, deux hebdomadaires sur lesquels les mots croisés ont été réalisés et, au milieu de l'un d'eux, une carte postale venant de Varsovie, cachet postal du 20 août 1985, avec ces simples mots : « Tout va bien. A bientôt. » Sans signature. Pas de lettres, de carnet de notes ni de photographies. Dans l'armoire, le linge et les vêtements sont parfaitement rangés.

Enfin, sur un guéridon, un journal de la veille mal replié, auquel il manque deux pages : les deux pages du milieu.

– A pu servir pour faire un paquet! dit Lecoq.

Une autre anomalie, mais de taille dans cet appartement où tout est d'une netteté parfaite. On trouve sur la table de chevet une soucoupe de tasse à café, utilisée comme cendrier et dans laquelle une cigarette s'est entièrement consumée. D'après la longueur de la partie réduite en cendres mais restée attachée au mégot, elle a dû être déposée dans le cendrier aussitôt allumée et oubliée... Pas de cendrier dans tout l'appartement. Yan Piritz ne devait pas fumer...

Les deux policiers ne touchent à rien, laissant le soin aux services de l'Identité judiciaire de relever les empreintes. Au moment où ils vont quitter la chambre, l'inspecteur Lecoq s'arrête, se gratte l'oreille, regarde son collègue...

– Quelque chose qui ne va pas? demande celui-ci.

– Ben, c'est-à-dire que je me pose une question : lorsque Piritz recevait son copain de chez Renault, il le couchait où?

– Mais sur le canapé, voyons...

– Pas très confortable, non?

– Mais si, mon vieux, le canapé en question doit se déplier et se transformer en lit à deux places.

– Eh oui! Tu as raison. Et si on le dépliait, ce canapé?

– Oh! si tu veux, dit Barsac. De toute façon, nous avons déjà laissé nos empreintes un peu partout, mais je serais bien surpris si nous y découvrions un indice quelconque.

– Sait-on jamais, réplique Lecoq en aidant Barsac à déplier le canapé.

Mais le canapé ouvert ne réserve aucune surprise. Tout y est normalement rangé, les draps et la couverture; il ne semble pas avoir été utilisé récemment.

Sur ce dernier constat, les deux policiers quittent l'appartement, en referment soigneusement la porte comme l'a demandé Mme Baumann, mais gardent le trousseau trouvé sur la serrure.

Au deuxième étage, une vieille dame devant sa porte entrouverte les interpelle :

– Vous êtes les policiers, n'est-ce pas? C'est bien triste ce qui est arrivé à ce pauvre M. Baumann... Un homme si gentil, si serviable! Son ouvrier aussi, remarquez bien... Ces jeunes gens sont souvent bien imprudents et un accident est si vite arrivé!

Barsac et Lecoq se regardent. La dame a envie de parler... Alors autant l'écouter... D'autant qu'on ne sait jamais, comme disait Lecoq tout à l'heure.

– Vous connaissez Yan Piritz? demande Barsac.

– Oh oui, Monsieur! Il est très gentil lui aussi; c'est lui qui me fait mes commissions, cela m'évite de descendre et surtout de remonter! Et puis, voyez-vous, avec tout ce qui se passe actuellement, à mon âge il vaut mieux sortir le moins possible et se barricader dans sa maison. Nous avons même convenu d'un signal, un secret entre nous... C'est plus prudent!

— C'est très bien cela. Mais dites-moi, Madame...?

— Veuve Gillot, Inspecteur. Mon mari était agent de la S.N.C.F. en retraite. Il est mort il y a deux ans...

— Et vous disiez, madame Gillot, que Yan Piritz fait régulièrement vos commissions?

— C'est ça, Inspecteur. Il savait ce dont j'avais besoin chaque jour : du pain, du lait; et quand j'avais besoin d'autre chose, je lui faisais une liste.

— Vous l'avez donc vu hier?

— Eh bien, non, Inspecteur! Hier, je ne l'ai pas vu. Il faut dire que je n'avais besoin de rien de particulier... Mais, ce qui m'a le plus étonnée, c'est de ne pas trouver le journal sous ma porte ce matin.

— Piritz vous portait le journal tous les matins?

— C'est-à-dire que tous les matins, en descendant, il glissait sous ma porte le journal de la veille. Vous comprenez, cela me faisait une petite économie, et moi vous savez les nouvelles, à un jour près... C'était surtout pour les mots croisés. Il les faisait le soir et puis il les effaçait pour que je puisse les refaire. Quelquefois, nous en discutions...

— As-tu repéré si les mots croisés étaient remplis? demande Lecoq à son collègue.

— Je suis certain que non, dit Barsac. Cela m'aurait frappé...

— Donc, reprend Lecoq en s'adressant de nouveau à la vieille dame, hier, vous n'avez pas vu Yan Piritz et, ce matin, le journal n'était pas sous votre porte comme d'habitude... Alors, cela signifie que Piritz n'est pas rentré cette nuit!

— Oh si, Inspecteur! Je l'ai entendu rentrer.

— Vous l'avez entendu rentrer? Avez-vous remarqué quelle heure il était? C'est très important...

— Je suis désolée, je ne puis vous dire l'heure exacte. Je me couche tôt, vers 8 heures... J'étais à moitié endormie... et ils n'ont pas fait beaucoup de bruit!

— Vous voulez dire que Yan n'était pas seul?

— J'ai pensé qu'il devait être avec son ami; j'ai entendu rouler le canapé au-dessus de ma tête, comme chaque fois que son copain vient passer la nuit ici; et d'ailleurs, je me suis endormie aussitôt!

— Et, ce matin, les avez-vous entendus partir?

— Non, je n'ai rien entendu. Mais, vous savez, cela n'a rien d'étonnant, car je m'endors très tard et, le matin, je ne suis guère réveillée avant 9 heures.

— Ce qui est curieux, dit Barsac, c'est que Mme Baumann pense que Yan Piritz n'est pas rentré hier soir. Son lit n'a pas été défait et nous venons de constater qu'en dehors de quelques détails, tout semble en ordre...

— Oh! cela n'a rien de surprenant, Monsieur, car Yan est très ordonné; il est même un peu maniaque du rangement et je ne l'imagine pas quittant son appartement sans avoir refait son lit et tout remis en ordre. Il m'invite de temps à autre à prendre une tasse de café; eh bien, je n'ai jamais vu un grain de poussière sur ses meubles. Je suis sûre qu'il est bien rentré hier soir et qu'il a tout rangé ce matin avant de partir.

— Une dernière question, madame Gillot. Yan Piritz avait-il d'autres camarades que Marik?

— Non... En tout cas, il ne recevait ici que Marik... sauf il y a quelque temps; je les ai entendus descendre et quelqu'un leur a crié du rez-de-chaussée : « Dépêchez-vous, je suis en stationnement interdit. » Probablement quelqu'un qui était venu les chercher en auto.

— Eh bien! je vous remercie, madame Gillot, vous nous avez donné des renseignements très intéressants. Nous reviendrons sans doute vous voir.

— Quand vous voudrez. Au revoir, Messieurs!

## UN AGENT TRÈS SECRET

Les deux policiers regagnent leur voiture sans rien dire, chacun réfléchissant à toutes les informations recueillies, dont celles très spontanées de la vieille dame et qu'il va falloir mettre noir sur blanc pour essayer d'y voir clair. Le plus difficile consistera, comme d'habitude, à dégager l'essentiel de la masse de détails qui paraissent souvent en contradiction avec les faits.

— Tu as bien tout noté? demande Lecoq en reprenant le volant.

— Oui, pour l'essentiel. Les détails reviendront en rédigeant le procès-verbal. Il y a quelque chose que j'ai du mal à digérer, c'est le coup de la moto!

— Dis donc! À propos de digestion, on va casser la croûte à quel endroit? On ne va tout de même pas rentrer l'estomac vide?

— Je te reconnais bien là. Allons où tu voudras, pourvu que le service soit rapide.

— O.K.! Alors, on va à *L'Escargot*, quai de l'Hôtel-de-Ville!

## CHAPITRE 4

Il est juste 14 heures, lorsque les deux policiers arrivent à leur bureau du Quai des Orfèvres où la deuxième brigade au grand complet attend le patron, le commissaire divisionnaire Legros, pour sa communication importante.

– Je me demandais si vous arriveriez avant le patron, dit aux deux retardataires l'inspecteur principal Mallaud, Georges pour les copains.

– Nous serions là depuis longtemps, mon cher Georges, dit l'inspecteur Barsac, si Lecoq n'avait éprouvé l'impérieux besoin de soigner son estomac avant de venir...

– Quel culot! réplique l'inspecteur Lecoq. Tu avais autant que moi envie de casser la croûte, seulement lui, ajoute-t-il pour l'inspecteur Mallaud, il lui faut les grands restaurants... Les petits, comme il dit, on y grignote seulement.

Alors, Monsieur n'est pas content, parce que je l'ai emmené à *L'Escargot*!

L'arrivée du commissaire Legros interrompt le monologue de l'inspecteur Lecoq.

– Asseyez-vous, Messieurs. J'ai un certain nombre de choses importantes à vous dire. Alors, ouvrez vos oreilles, car je ne les répéterai pas deux fois.

– J'ai l'impression que le patron s'est fait bousculer en haut lieu, glisse l'inspecteur Lecoq à son voisin Dumas...

– Oui, et gare aux éclats! réplique celui-ci.

– Ce matin, reprend le commissaire Legros, tous les chefs de brigade ont été convoqués par le directeur qui nous a fait part d'un certain nombre de mesures déjà prises ou envisagées par le ministre de la Sécurité pour lutter plus efficacement contre le grand banditisme et le terrorisme. Ce matin, au ministère de l'Intérieur, on a beaucoup parlé de coordination entre les services de police et de gendarmerie; de transmissions, d'informations, d'effectifs, de moyens... Il semble que ces messieurs ont brusquement découvert ce qui nous fait le plus défaut : effectifs, moyens de transmissions, de déplacement rapide, sans parler de l'armement et des crédits!

– On va nous augmenter, Patron? demande insidieusement l'inspecteur Lecoq.

L'immense éclat de rire général qui salue

cette question semble bien indiquer que personne ici ne compte sur une telle aubaine...
— Je vous en prie, Messieurs, l'heure n'est pas à la gaudriole. Il est certain que nous pourrions être plus nombreux et mieux dotés en matériel... J'espère que cela viendra, mais en attendant nous devons faire face, avec les moyens du bord, à une situation de plus en plus difficile. En haut lieu, on craint une recrudescence des actions terroristes. Malgré tous les contrôles, il est certain que des agents étrangers s'introduisent encore chez nous et on nous demande de tout mettre en œuvre pour les neutraliser. Nos services de renseignements signalent en particulier le cas d'un officier libyen qui aurait disparu à Casablanca le 25 avril et serait susceptible d'être entré clandestinement en France. Il s'agit d'un nommé Abdérahim Tamir. Mais, bien entendu, il doit se cacher sous une fausse identité et on ne sait pas grand-chose de lui. Assez grand, 1,80 m environ, mince, silhouette élégante, portait un costume gris lorsqu'il a été vu pour la dernière fois à Casablanca. Il parle très bien notre langue et sans le moindre accent... Evidemment, c'est plutôt maigre comme renseignement! On nous demande d'ouvrir l'œil et de signaler toute information qui pourrait, de près ou de loin, concerner un étranger.
— Signaler à qui, Patron? Actuellement, nous signalons tout ce que nous découvrons... Mais,

qui est chargé d'exploiter tous nos renseignements ?

— Eh bien ! j'ai une réponse à votre question, Mallaud. C'était l'objet de la réunion de ce matin au ministère. Le nouveau ministre délégué, chargé de la Sécurité, a beaucoup insisté pour que les renseignements circulent plus rapidement et il envisage de mettre en œuvre de nouveaux moyens de transmissions. Dans l'immédiat, pour ce qui nous concerne directement, la brigade va être renforcée. Nous aurons en permanence un inspecteur stagiaire, Félix Cabriès, arrivé hier et une secrétaire qui arrivera demain et sera chargée de tous les travaux administratifs, comptabilité, rapports, courrier, etc.

— Dites, Patron, on ne pourrait pas nous affecter aussi une machine à écrire ? demande avec fiel l'inspecteur Lecoq.

— Le personnel d'abord, reprend le commissaire. On libère tous les policiers des tâches administratives. La matériel viendra ensuite. Mais j'ai déjà obtenu une 204 supplémentaire avec un équipement radio, et nous allons être dotés d'une nouvelle arme de poing.

— Avec ou sans autorisation de s'en servir ?

— Ne faites pas de mauvais esprit, Lecoq ! Vous ferez vos cartons au stand de tir et, sur le terrain, vous êtes assez grand pour décider ce qu'il faut ou ne faut pas faire... Mais, attendez, ce n'est pas tout. La D.S.T. va détacher provisoirement un de ses fonctionnaires qui s'intégrera à la brigade et sera chargé d'assurer la liaison avec les autres services. Il s'agit de l'inspecteur... J'ai laissé la note sur le bureau... Daniel Baurain je crois!

— Eh bien! voilà une bonne nouvelle, Patron, dit l'inspecteur Barsac. La D.S.T. nous envoie un espion! Et vous avez accepté cela?

— Voyons, Barsac, je n'avais ni à accepter ni à refuser; c'est un ordre supérieur. Un ordre dont vous êtes personnellement responsable, du reste!

— Responsable, moi? Et, pourquoi moi?

— Parce que le directeur de la D.S.T. s'est souvenu du refus que vous avez opposé à sa proposition d'entrer dans ses services, sous prétexte que vous êtes très attaché à l'équipe de la « Criminelle ». Alors, il a voulu en savoir davantage sur cette fameuse équipe et il nous envoie un « agent de liaison ».

— Vous parlez d'un agent de liaison! Et vous croyez qu'un gars de cette maison va mettre de l'huile dans nos rapports avec les autres services? Encore un torpillage par la D.S.T. en perspective, oui!

— Vous avez tort de vous braquer, Barsac! Je pense qu'avec un peu de bonne volonté de part et d'autre, vous devrez très bien vous entendre et, pour ma part, je suis très favorable à cette collaboration. Comprenez-moi bien tous, l'idée de nos responsables est de multiplier les contrôles et les patrouilles de gendarmerie et de C.R.S. Ça, c'est la partie visible de la dissuasion. Nous, nous allons faire de même, mais incognito en quelque sorte, alors nous ne serons jamais trop nombreux et suffisamment déterminés pour remplir cette mission.

— C'est bon, Patron, on a compris! On n'utilisera que des balles en caoutchouc pour éviter les bavures. Mais moi, je vais m'acheter une armure!

— Allons, ne faites pas la mauvaise tête, Lecoq, cela ne vous va pas... Comprenez bien tous ce que je veux dire, sans m'obliger à mettre les points sur les « i ». Un policier qui perd son sang-froid n'est pas digne d'être policier. Le métier comporte des risques mais puisque nous les avons acceptés, assumons-les jusqu'au bout... et sans grogner, si possible. Voilà ce que j'avais à vous dire... Barsac, vous viendrez me voir à 17 heures.

— Bien, Patron, dit l'inspecteur Barsac d'un air résigné...

— Et, maintenant, parlez-moi un peu de cette affaire de la rue du Temple. Avez-vous découvert quelque chose d'intéressant?

— Pas grand-chose, Patron! répond Barsac. Après votre départ, nous avons visité la chambre de l'ouvrier, sans rien déplacer pour ne pas brouiller les empreintes, mais nous n'avons rien découvert de particulier en dehors d'un journal mal replié auquel il manque les pages intérieures... et d'une cigarette entièrement consumée dans un cendrier, comme si on l'avait allumée et abandonnée aussitôt après. Il faut attendre le résultat des analyses et de l'autopsie pour en savoir davantage. Le commissaire du 3e arrondissement fait le nécessaire pour assurer, cette nuit, la surveillance de l'immeuble. Demain, si l'ouvrier du tailleur n'est pas revenu, nous irons à Renault-Billancourt pour avoir l'adresse de son copain.

– Eh bien! bonne fin de journée. A tout à l'heure, Barsac.

– *Inch Allah!* dit celui-ci sans conviction.


– C'est pas tout ça, dit l'inspecteur Lecoq après le départ du commissaire, mais comment allons-nous nous installer dans ce réduit avec, en plus de l'équipe, un stagiaire?

– Vous en faites pas pour moi, lance le jeune Cabriès, confortablement installé, les jambes allongées sur le bureau de l'inspecteur Moisan, je suis déjà casé...

– Boucle-la, Gamin, quand je parle! riposte Lecoq. Je disais donc, avec en plus un stagiaire, une secrétaire et un espion de la D.S.T.! Remarquez que pour ce qui est de la secrétaire, je veux bien la prendre sur mes genoux, mais qui va se farcir l'agent secret?

— Ça suffit, Lecoq! Parlons sérieusement, dit l'inspecteur principal Mallaud.

Toujours très calme, Georges Mallaud est le meneur de jeu de cette équipe. Il en connaît tous les membres, avec leurs qualités et leurs défauts... Et il sait très bien que, malgré ses incessantes récriminations, on peut compter sur Lecoq dans tous les cas. Moisan, Lucas et Dumas, eux, sont des calmes, mais tous aussi efficaces et attachés à cette équipe.

— J'aimerais bien savoir, moi aussi, ce qui s'est passé ce matin, rue du Temple, lance-t-il au bouillant inspecteur Lecoq.

— Vas-y, Barsac, dit celui-ci. Je sors mes notes et je complète si nécessaire.

Après le petit rappel au calme de leur chef de file, les inspecteurs de la Brigade criminelle écoutent attentivement le récit de leur collègue, puis chacun émet une hypothèse ou demande une précision.

— Le dénommé Piritz peut très bien être le passager de la moto et avoir tué son patron, suggère l'inspecteur Moisan.

— C'est ça, dit Lucas, et son copain Marik pilotait la moto! Mais par quel miracle son patron est-il venu prendre le frais à ce moment?

— Evidemment, c'est la première idée qui vient à l'esprit, parce qu'il n'est pas revenu comme prévu, mais elle ne tient pas à l'analyse des faits. Car pour quelle raison Piritz aurait-il tué son patron? Cela ne colle pas du tout avec ce que disent de lui Mme Baumann, le rabbin et la vieille Mme Gillot qui le connaissaient bien. Pour le moment, son absence ne signifie rien, car il peut avoir oublié la livraison du costume, être parti pour la campagne ou avoir eu un accident. S'il n'est pas revenu demain, ce sera autre chose.

– Je crois en effet, remarque l'inspecteur Mallaud, qu'il ne faut pas essayer de conclure trop vite; toutes les hypothèses sont à vérifier, mais n'oublions pas que pour que la moto soit passée juste au moment où le tailleur sortait devant sa porte, il faut qu'il y ait eu un complice...

Un gardien de la paix interrompt le commentaire de l'inspecteur en annonçant :

– L'inspecteur Baurain demande l'inspecteur Mallaud.

– Déjà, dit Barsac. L'agent secret ne s'est pas fait attendre!

– Faites entrer l'inspecteur, dit Mallaud au gardien. Ça va être à toi de jouer, Barsac... tu es déjà connu de ces messieurs!

– Pas question, dit Barsac, débrouille-toi avec ce...

– Inspecteur Mallaud?

La voix féminine a fait sursauter tous les inspecteurs qui s'attendaient probablement à voir apparaître un malabar du genre « gorille ». Tous se sont levés et regardent ahuris la fine silhouette de la jeune femme qui vient d'entrer dans le bureau.

Moulée dans un tailleur classique bleu marine, sobre mais élégant, la courroie d'un petit sac noir passée sur l'épaule, très à l'aise, la jeune femme attend que les policiers soient redescendus sur terre.

Encadré d'une chevelure d'un noir de jais, son visage est gracieux mais un peu triste, semble-t-il. Ses grands yeux verts brillent comme des émeraudes, tandis que sa bouche dessine un petit sourire mi-figue, mi-raisin.

– Vous êtes..., veut dire Barsac.

– Je suis l'inspecteur Danielle Baurain et la chaleur de votre accueil me fait penser que la venue d'une femme dans votre équipe n'est pas de nature à vous réjouir!

– C'est-à-dire, Mademoiselle... euh! inspecteur... que le commissaire Legros nous a parlé d'un inspecteur Daniel...

– Il a simplement oublié la dernière syllabe; ce n'est pas la première fois que ce genre d'aventure m'arrive.

– Je vous en prie, excusez-nous, dit Mallaud en lui tendant la main. Vous êtes le bienvenu... enfin, je veux dire la bienvenue... Venez, je vais vous présenter les collègues... Voici Pierre Barsac, peut-être avez-vous déjà entendu parler de lui?

– J'ai en effet entendu parler de vous, Ins-

pecteur, heureuse de faire votre connaissance.
— Voici Jules Lecoq, le gorille de l'équipe; il ne fait pas bon se colleter avec lui... Alex Dumas... le poète, c'est normal avec sa raison sociale!

L'inspecteur a repris le contrôle de la situation et tente de donner à la nouvelle venue une image plus souriante de l'équipe qui n'a pas encore manifesté son enthousiasme.

— Ernest Moisan... et Robert Lucas sont les avant-centres de l'équipe, ils sont chargés de foncer sur l'objectif au premier appel... et enfin notre petit dernier Félix Cabriès... de Marseille. Mais ça, vous le découvrirez dès qu'il ouvrira la bouche!

— Bonjour, dit Cabriès, vous pouvez constater à travers cette présentation, qui se voudrait humoristique, de l'état d'esprit des intellectuels de la P.J. parisienne! » Et, comme il est difficile de l'arrêter en si bon chemin, Cabriès y va de sa petite diatribe : « Mais, ce sont tous des braves gens, vous savez; ils ont le cœur sur la main, seulement attention, quand l'inspecteur Lecoq met la main sur son cœur, vous faites jamais d'illusions, c'est pour tirer son revolver...

— N'écoutez pas cette vipère, Mademoiselle », dit Lecoq, qui sans doute pour justifier et prouver son dévouement a mis sa main sur l'épaule de la jeune femme et ajoute sur un ton protecteur : « Avec moi, vous n'avez rien à craindre, personne n'osera... »

Le reste de la phrase s'est envolé avec son auteur, car l'inspecteur a saisi le poignet de Lecoq et s'est brusquement retournée, pliée en avant, tandis que les 85 kilos de celui-ci décrivaient une magnifique voltige pour retomber avec un bruit mat sur le plancher du bureau...

Bien que totalement surpris, l'inspecteur Lecoq, qui connaît un peu la musique, a eu le bon réflexe de se laisser aller et de se retrouver sur ses talons et non sur le dos.

— Bravo! dit-il admiratif en acceptant la main de la jeune femme pour se relever... Vous me le referez, parce qu'une prise comme ça je n'en avais encore jamais vue!

— D'accord, dit-elle; j'en ai d'autres dans mon sac!

— En tout cas, ajoute Lecoq, ne faites jamais ça à Barsac, car il est ceinture noire!

— Moi aussi, réplique-t-elle avec un grand sourire... et troisième dan.

Et, comme à la P.J. tout finit aussi par s'arranger, l'incident s'achève dans un éclat de rire général. Alors, chacun a un mot aimable pour la nouvelle collègue.

L'inspecteur Mallaud s'excuse, il a un rendez-vous; puis, à l'exception de Lecoq, les autres inspecteurs regagnent leur domicile. En sortant, l'inspecteur Mallaud dit à Barsac :

– Je te laisse le soin avec Lecoq de mettre l'inspecteur au courant des habitudes de la maison et des affaires en cours. A demain...


Les deux policiers et la jeune femme se sont installés autour d'un bureau.

– J'en ai assez de raconter la même histoire, grogne Barsac qui ne semble pas avoir encore bien accepté la situation. A toi, Lecoq, raconte-nous ce qui s'est passé rue du Temple pour que l'inspecteur soit au courant.

L'inspecteur Lecoq reprend donc une nouvelle fois le récit des événements de la matinée; la jeune femme écoute avec attention, tandis que Barsac, l'esprit manifestement ailleurs, dessine des bonshommes sur le coin du bureau.

Puis, la jeune femme pose des questions et Barsac participe au débat.

– En conclusion, dit l'inspecteur Baurain, à ce point de l'enquête, on n'a pas d'élément vraiment important; il y a encore beaucoup de choses à vérifier. Comment comptez-vous procéder maintenant?

– Demain matin, répond Barsac, si le dénommé Piritz n'a pas donné de ses nouvelles, Lecoq se rendra chez Renault pour avoir l'adresse de son copain. Lucas ira faire une enquête chez les voisins de la famille Baumann, Lecoq et moi irons entendre de nouveau la veuve. Si vous voulez, vous pourrez nous accompagner...

— D'accord, fait l'inspecteur Baurain. A quelle heure pointe-t-on ici le matin ?

— A 8 heures en général, sauf lorsque le réveil de Barsac a oublié de sonner, que sa moto est en panne et qu'il a raté un métro...

— N'en croyez rien, Inspecteur, mais cela a peu d'importance... Je pense que le genre d'affaire dont on vient de vous parler ne ressemble guère à vos activités... Au fait, en quoi consiste votre activité, si toutefois cela n'est pas trop « Top secret » ?

— Oh ! il n'y a rien de secret dans mon rôle ! J'ai la responsabilité de certaines liaisons, dont, bien entendu, je ne vous dirai pas la nature. Mon patron m'a détachée auprès de vous, dans le cadre des nouvelles instructions du ministère de l'Intérieur qui souhaite une meilleure coordination entre tous les services de police et de gendarmerie. La transmission rapide des informations est évidemment à la base de l'efficacité. En ce qui me concerne, j'ai des instructions particulières pour rechercher la trace d'un membre de l'état-major libyen qui se serait introduit clandestinement en France.

— Le commissaire Legros en a parlé, dit Lecoq.

— En suivant vos enquêtes, je vais donc me tenir à l'affût du moindre renseignement susceptible de nous mettre sur sa piste, pour autant que cette information de nos services soit exacte, ce qui reste à prouver. Mais, pour en revenir à cet attentat de la rue du Temple, il y a quelque chose qui me trouble...

Une nouvelle apparition du gardien de la paix ne lui permet pas d'achever sa question...

— Inspecteur Barsac, l'avocat de l'affaire Bernon voudrait vous voir. Oh! juste pour prendre rendez-vous, ajoute-t-il devant l'œil noir de ce dernier.

— C'est bon! dit Barsac, résigné. Envoyez l'avocat! dit-il en retournant vers le bureau qu'il vient d'abandonner.

— Ça alors!... Ma parole, c'est la journée de la femme, aujourd'hui!

A l'exclamation de Lecoq, Barsac a levé les yeux, puis a bondi de son siège...

— Madeleine! Oh! pardon, Maître... Quelle bonne surprise! Si je me doutais... Mais, venez donc, que je vous présente notre nouvelle collègue, l'inspecteur Baurain... Maître Madeleine Lenormand, fille du juge d'instruction...

— Enchantée, Inspecteur...

— Très heureuse, Maître.

— Je ne vous présente pas Lecoq, continue Barsac, vous le connaissez depuis longtemps!

— Je quitte le commissaire Legros, dit l'avocate; il a pensé que vous deviez être encore dans votre antre, alors je suis venue vous demander un rendez-vous pour parler de l'affaire de Gisèle Bernon, que je suis chargée de défendre aux Asssises. Vous n'avez pas oublié l'affaire Bernon?

— Oh! certes non... Mais, demain ce sera difficile, avec l'enquête sur l'attentat de ce matin; alors peut-être ce soir, si vous êtes libre, nous pourrions...

— Dis donc, Barsac! interrompt Lecoq, je te signale que ce soir nous devons dîner à *La Taverne des Templiers*!

— Ma parole, tu ne penses qu'à manger! Tu ne vas pas me dire que tu as encore faim?

— Mais si, mon vieux! Je mange deux fois par jour, au moins, moi! Et puis, je pense au boulot : c'était prévu pour continuer notre enquête!

— C'est vrai, dit Barsac, ce matin nous avions décidé de dîner dans ce restaurant, pour des raisons professionnelles, mais si vous êtes libres toutes les deux, accompagnez-nous... Nous ferons mieux connaissance autour d'une bonne bouteille.

— D'accord pour moi, Pierre, fait l'avocate. Je passe au Palais. Je vous rejoins vers 8 heures.

— D'accord pour moi aussi, dit l'inspecteur Baurain, car il m'arrive aussi d'avoir faim...

— Eh bien! allons-y, lance Lecoq, ravi de la solution. Mais je te préviens, Barsac, ce soir on prend son temps; je n'ai pas l'intention de me laisser bousculer comme ce midi!

# CHAPITRE 5

Il est 20 heures précises lorsque les deux policiers pénètrent dans la salle rustique aux poutres de chêne de *La Taverne*. Sur chaque table, une petite lampe diffuse une lumière tamisée : ambiance chaude, intime, soulignée par un fond sonore de musique douce. Aux murs, des cuivres, des tableaux, des bois de cervidés. La plupart des tables sont déjà occupées par de petits groupes de deux à quatre personnes qui semblent être des habitués.

Au garçon venu les accueillir, Barsac demande s'il est possible d'avoir une table et quatre couverts.

– Bien sûr, messieurs les Policiers », dit le garçon qui ajoute en leur désignant une table au fond de la salle : « Celle-ci vous convient-elle ?

– Très bien. Merci, fait Barsac en s'asseyant sur la banquette adossée au mur.

Lecoq s'est installé en face de lui. Ils se regardent sans rien dire, complètement ahuris.

– Ça alors, finit par dire Barsac; le garçon nous a déjà identifiés!

– Oui, réplique Lecoq. Pour une visite incognito, c'est réussi!

– Ces Messieurs prendront peut-être un apéritif en attendant ces dames? demande le garçon.

– Bien sûr, dit Barsac. Deux scotches avec eau gazeuse. Mais dites-moi, Garçon, qu'est-ce qui vous fait dire que nous sommes des policiers, ce n'est pas écrit sur notre nez?

– Bien sûr que non, mais cet après-midi, deux policiers sont venus demander si nous avions vu l'ouvrier de ce tailleur qui s'est fait descendre ce matin rue du Temple... Ils nous ont dit que d'autres policiers de la P.J. viendraient sûrement dans la journée. Alors comme tous les gens qui sont là sont des habitués... Excusez-moi, nous ne sommes que deux pour le service, je reviens tout de suite...

– Et voilà! Tu vois, c'est tout simple, dit Lecoq. Pas besoin d'étiquette sur le nez pour nous reconnaître.

Barsac, rêveur, écoute la mélodie que diffuse le haut-parleur.

– Tu connais cet air? demande-t-il au bout d'un moment.

— Oui, très bien, dit Lecoq... *Sentimental Journey*! C'est déjà vieux mais toujours aussi agréable à entendre. Et puis, dis donc, de bon augure, ajoute-t-il avec un air malicieux... J'espère que ce sera une sentimentale soirée...
— Si tu trouves que la journée a été sentimentale, tu n'es pas difficile, dit Barsac... Et puis, *journey*, cela ne signifie pas journée, mais voyage...
— Ah bon! Moi, tu sais... En anglais, j'en suis resté à : *My taylor is rich*...
— Ça ne pouvait pas mieux tomber, puisque notre affaire commence par un tailleur! Bon, ça va, on ne parle plus de boulot... Que penses-tu de notre collègue? Elle est plutôt gentille, tu as vu comme elle sait vous prendre tout de suite dans ses bras?
— Merci, je n'aime pas les brunes...
— Eh bien! tu t'occuperas de la blonde Madeleine. Tiens, au fait, il y a longtemps que tu ne m'en as pas parlé! Avocate à la Cour, la fille du juge Lenormand! C'est un beau parti, moi je vous vois très bien...
— Oh! ça va, Lecoq! Je n'ai pas l'habitude de raconter ma vie à tout le monde. Madeleine et moi, nous nous sommes connus à la fac de droit; nous avons joué au tennis, nous sommes sortis...
— Voilà deux « Super Johnnie Walker », Messieurs!
— Merci, Garçon! Mais dites-moi, vous

connaissiez Yan Piritz, l'ouvrier du tailleur de la rue du Temple?

– Oui, il venait régulièrement dîner ici; sauf quelquefois le dimanche soir.

– Est-il venu hier soir?

– Oui, c'est ce que vos collègues m'ont demandé. Je l'ai vu pour la dernière fois mardi soir parce que le mercredi, c'est mon jour de repos. Mais celui qui assurait le service hier soir dit qu'il est venu avec son camarade.

– Vous ne savez pas si ce camarade était déjà venu ici avec lui?

– Si. Moi, je les ai déjà vus très souvent ensemble. Je l'ai dit aussi à vos collègues, je ne connais pas son nom; c'est un grand gaillard, un Polonais, lui aussi, blond et qui parle sans aucun accent étranger. C'est tout ce que je peux vous dire. Excusez-moi... le service, vous comprenez!

– Bien sûr, dit Barsac. Merci pour tous ces renseignements... et apportez donc deux autres « Super Johnnie Walker ». Voilà nos invitées.

Comme si elles s'étaient donné rendez-vous, les deux jeunes femmes pénètrent ensemble dans la salle. La blonde Madeleine porte une sorte de petite cape sur une robe à fleurs, tandis que la brune Danielle a revêtu un tailleur Chanel, toujours très classique, mais nettement moins sévère que son « bleu de travail », comme dit Lecoq qui s'est précipité pour les accueillir, les conduire à la table et, galamment, disposer les sièges.

— Je suis heureuse de constater que vous ne m'en voulez pas, dit Danielle Baurain à l'inspecteur Lecoq.

— Oh! je n'en veux jamais à quelqu'un qui m'a donné une bonne leçon. Mais, soyez tranquille, à charge de revanche!

Lecoq raconte à l'avocate le petit incident de l'après-midi, ce saut, presque périlleux, provoqué par la nouvelle venue. Et chacun rit à l'évocation pittoresque qu'il en fait.

— Voilà deux autres « Super Johnnie Walker », Mesdames, annonce le garçon en déposant les deux grands verres devant elles... Ah! Inspecteur, ajoute-t-il en s'adressant à Barsac, tout à l'heure j'ai oublié de vous dire quelque chose qui est peut-être important, j'ai aussi oublié d'en parler à vos collègues... Voilà, mon collègue Albert, qui assurait le service hier soir, se souvient que Yan Piritz et son copain sont venus assez tôt, vers 19 heures. Piritz est arrivé le premier; il paraissait soucieux. Il est allé deux fois à la cabine pour téléphoner. En y repensant... je crois qu'il était inquiet! Son camarade est arrivé un peu plus tard, vers 19 h 15. Tout de suite, ils ont discuté, mais pas comme d'habitude. Ils semblaient ne pas être d'accord. Puis, vers 8 heures, le camarade en question est parti brusquement sans achever son repas... Mon collègue a même demandé à

M. Piritz si quelque chose n'allait pas; il lui a répondu : « Si, si, tout va bien; mais mon camarade n'était pas bien ce soir », et il est parti lui aussi peu après, sans achever son dessert.

— Intéressant, dit Barsac. Dites-moi, une dernière question : Piritz avait-il l'habitude de lire son journal pendant le dîner?

— Il ne lisait pas mais il faisait des mots croisés... Excusez-moi, le service... vous comprenez!

— Je comprends, dit Barsac en souriant, et merci pour les renseignements. Revenez vite avec le menu...

— Pourquoi cette question sur le journal? demande Lecoq.

— Parce que sur le journal que nous avons trouvé chez Piritz, les mots croisés n'étaient pas faits...

— Si je comprends bien, ironise Madeleine, c'est à un repas d'affaires que vous nous avez conviées?

— Non, pas du tout! fait Barsac. En réalité, nous avions projeté avec Lecoq de dîner ici, afin de poser quelques questions sur ce Yan Piritz qui prend généralement ici ses repas du soir. Mais je pensais le faire plus discrètement. Or, voilà qu'à peine entrés, le garçon nous repère comme collègues des policiers venus enquêter cet après-midi et nous balance, presque spontanément, une foule d'informations dont vous venez d'avoir un échantillon. Mais, rassurez-vous, cela suffit pour ce soir... Il fera jour demain...

— Mais pas du tout, poursuit Madeleine. J'aimerais bien être un peu dans le coup maintenant... d'autant que je sais très bien ce que cela représente pour vous d'être sur « un coup ».

Danielle prend le relais pour faire le récit de l'attentat du tailleur. Barsac note au passage qu'il ne manque pas le moindre détail.

— Bravo! dit Barsac. Vous avez une excellente mémoire, ma chère Collègue!

— Il en faut, mon cher, dans notre métier et vous le savez bien...

— Avez-vous choisi votre menu, Mesdames? interroge le garçon.

— Quelle est votre idée sur la question, Inspecteur? demande Lecoq, qui décidément est aux petits soins pour son adversaire de l'après-midi.

— Je prendrai volontiers le menu du chef, dit Danielle... car le chef soigne toujours bien ses clients... surtout lorsqu'ils sont nouveaux!

Tout le monde s'étant rallié à ce menu arrosé d'Arbois 1980, le garçon s'en retourne vers le comptoir et crie :

— Et faites marcher le chef... quatre fois!

— Au moins, le milieu est pittoresque, dit Barsac qui commence enfin à se détendre. Espérons que la cuisine est à la hauteur; vous savez... c'est la première fois que nous venons ici.

— Tiens, dit Madeleine, cela me rappelle, mon cher Pierre, que nous avions pris rendez-vous pour aller goûter la bouillabaisse du *Moulin d'Orgemont*... il y a de cela... quelque temps déjà!

— De grâce, Madeleine, ne retournez pas le fer dans la plaie; vous savez bien que j'ai dû m'excuser au dernier moment pour partir en catastrophe à cause de cette satanée affaire Bernon pour laquelle vous allez plaider maintenant... Je me suis trouvé catapulté au Maroc... sans avoir eu le temps de dire « ouf »... Reconnaissez que, depuis, les circonstances ne nous ont guère rapprochés... J'espère que vous me pardonnez ce... rendez-vous manqué... Comme dit le garçon : « Le service... vous comprenez! »

— Bien sûr, reprend Madeleine, pas mécontente d'avoir lancé une petite flèche. La preuve, c'est que je suis avec vous ce soir. Inspecteur, n'acceptez jamais de rendez-vous avec un policier s'il n'est pas en congé... car, sans cela, il y a toujours un malfrat de service pour le faire rater!...

— Oh! vous savez, réplique Danielle sur un ton apparemment détaché mais teinté d'une pointe de regret, la vie est souvent faite de rendez-vous manqués, soit qu'on les ait pris trop tôt, soit qu'on les ait demandés trop tard...

– Arrêtez, dit Lecoq, vous allez me faire pleurer et me couper l'appétit. Ce midi, déjà...

– Ah non! tu ne vas pas remettre ça avec ton gastéropode!

## CHAPITRE 6

Il est 8 h 30, ce vendredi 2 mai 1986, lorsque les inspecteurs Pierre Barsac et Danielle Baurain viennent exposer au commissaire Legros le résultat de l'enquête de la veille sur le meurtre de la rue du Temple. Le principal Mallaud les accompagne.

– Pour le moment, dit Barsac, nous avons trois éléments. Le tailleur David Baumann a été frappé hier matin, exactement à 10 h 15. Il est décédé peu après, au cours de son transport à l'hôpital; enfin, son ouvrier Yan Piritz n'a pas reparu depuis mercredi 18 heures.

– C'est plutôt maigre, fait Mallaud! Et, naturellement, le coupable, c'est l'ouvrier?

– Peut-être, dit le commissaire, mais peut-être pas! Vous êtes bien pressé de conclure aujourd'hui, Mallaud, et bien pessimiste. Généralement, on n'en sait guère plus dans les premières heures.

— Non, pas pessimiste, Patron, mais je préfère être prudent. Je me méfie terriblement de ce genre d'affaire où nous avons tout de suite un suspect... et d'autant plus suspect qu'il a disparu!

— Eh bien! en attendant qu'il nous donne de ses nouvelles, reprend le commissaire, vous déclenchez les recherches, comme d'habitude. J'espère que nous aurons dans la soirée les résultats de l'autopsie et peut-être du labo.

— Voilà comment j'ai réparti le travail pour aujourd'hui, explique Mallaud : je reste ici pour recevoir les témoins convoqués hier. Barsac et l'inspecteur Baurain retournent rue du Temple pour essayer d'obtenir quelques précisions de Mme Baumann et vérifier les anomalies constatées hier dans l'appartement de Yan Piritz. Lecoq est déjà en route pour Boulogne-Billancourt. Il va se procurer l'adresse du camarade de Piritz... un certain – Mallaud consulte ses notes – ... Rolph Marik, O.S. qui aurait été licencié il y a huit jours. Il va essayer de le contacter à son domicile. Lucas et Dumas, eux, feront une enquête dans le secteur proche du 82 et Moisan portera au client le costume qui aurait dû être livré hier. Enfin, Cabriès est chargé de téléphoner à toutes les compagnies de taxis pour retrouver la trace du taxi rouge qui se trouvait à 10 h 15 à hauteur du 82. Par le chauffeur, on aura peut-être quelques précisions sur les motards.

— Très bien, dit le commissaire. Allez-y et tenez-moi au courant. Je vous ordonne de rester constamment en contact radio. Je dois pouvoir vous joindre sans délai : le grand patron semble redouter quelque chose de plus grave qu'un meurtre de quartier.
— D'accord, Patron! lance Mallaud qui murmure entre ses dents « Ça promet du bon temps!... » Allez-y, les enfants, en espérant que Mme Baumann pourra vous en dire un peu plus qu'hier!


Rue du Temple, les policiers sont accueillis par le rabbin Mella. Dans le salon, assise devant une table surchargée de documents comptables, Rachel Baumann, un fichu noir sur la tête, les traits tirés, les yeux rouges, est encore sous le choc; mais elle semble calme, résignée...
— Je pourrai répondre à toutes vos questions, Messieurs, dit le rabbin, afin d'éviter à Rachel d'avoir à le faire. Mais je pense que vous voulez l'interroger vous-même; je vous demande d'être indulgent, Inspecteurs. C'est une très grande douleur pour elle.
— Nous comprenons, monsieur le Rabbin. Vous pouvez rester avec nous, ce sera moins pénible pour Mme Baumann.
Puis, s'adressant à la veuve du tailleur, l'ins-

pecteur Barsac entame les questions toujours pénibles en pareilles circonstances, mais indispensables pour la recherche de la vérité.

— Madame Baumann, d'après nos renseignements, vous êtes estimée dans le quartier. Votre mari avait une excellente clientèle et son atelier fonctionnait très bien avec votre ouvrier, Yan Piritz. Alors ma première question : voyez-vous quelqu'un qui pourrait en vouloir à votre mari, au point de commettre ce crime ?

— Personne parmi nos relations ne peut avoir fait cela! David était très bon avec tout le monde. Seulement, voyez-vous, Monsieur, nous, les Juifs, nous sommes toujours à la merci des autres; on nous accuse trop facilement de tous les crimes, alors que nous sommes toujours les premières victimes de la cruauté humaine. Pharaon n'était qu'un petit tyran à côté de Hitler! La Terre promise, Monsieur, ce serait pour nous simplement de ne pas toujours être des suspects en puissance... Non, David ne méritait pas cela. Il n'a jamais fait partie d'un clan ou d'une association et il ne faisait pas de politique. Nous ne sortions guère que pour aller chez nos amis et à la synagogue...

— Je comprends votre peine, Madame, dit Barsac, et nous ne vous importunerons pas longtemps. Ces derniers jours, vous n'avez rien remarqué de particulier dans le comportement de votre mari ou de Yan Piritz ?

Rachel Baumann réfléchit un instant avant de répondre :

– Non! Au sujet de Yan, mercredi soir, David m'a dit qu'il était préoccupé par les allées et venues plus fréquentes de son ami Marik qui venait d'être licencié chez Renault. David craignait que celui-ci n'abuse de la bonté de Yan. Il voulait en parler avec notre ami Yacoub.

– Ce doit être à ce sujet qu'il m'a demandé de venir le voir, interrompt le rabbin. Mais il ne m'a rien dit au téléphone.

– C'est possible, en effet, fait Barsac... Et, au sujet de Yan Piritz, madame Baumann, que pensez-vous de son absence?

– Je ne vois aucune explication... Nous l'avons toujours traité comme notre propre enfant! Jamais nous n'avons eu quoi que ce soit à lui reprocher. C'est un garçon calme, assez mélancolique et toujours prêt à rendre service; il s'occupe régulièrement de la vieille Mme Gillot, sa voisine du dessous...

– Yan Piritz occupe un appartement au troisième étage? demande l'inspecteur Baurain. Je crois avoir compris qu'il y vit seul, mais reçoit de temps en temps un camarade qui y passe parfois la nuit, car il habite Suresnes?

– Oui, c'est cela.

– Est-ce lui qui entretient l'appartement?

– Oui, et il est particulièrement méticuleux. Tout, chez lui, est toujours dans un ordre parfait! Si bien que lorsque la femme de ménage y va, une fois par semaine, elle doit faire attention à tout remettre exactement en place.

— Savez-vous quand la femme de ménage y est allée pour la dernière fois?

— Mercredi dernier, comme chaque semaine, le mercredi après-midi... Elle a changé les draps du lit et du canapé...

— Mercredi après-midi, le canapé était donc normalement équipé avec des draps et couvertures? demande Barsac.

— Oui, avec des draps et une couverture. Yan voulait qu'il soit toujours prêt pour servir. Cela a-t-il tant d'importance?

— Oh oui, Madame! car jeudi matin, lorsque nous avons ouvert ce canapé, nous avons constaté qu'il n'avait pas été utilisé... Le camarade de Piritz aurait donc couché sur la descente de lit! On ne voit pas pourquoi!

Mme Baumann s'est levée, s'est dirigée vers la cuisine, elle appelle la femme de ménage :

— Emilie!... Venez et dites vous-même à Madame que vous avez bien fait le ménage chez Yan, mercredi dernier, et que vous avez changé les draps...

Emilie Haget, au service des Baumann depuis plusieurs années, arrive en essuyant ses mains à son tablier.

— C'est vrai, Madame, dit-elle avec la timidité d'une soubrette prise en faute... mercredi dernier, dans l'après-midi, j'ai fait le ménage chez M. Piritz...

— Est-ce que Yan Piritz avait l'habitude de laisser des mégots de cigarettes dans une soucoupe? demande Barsac.

— Oh non! Monsieur! D'abord, Yan ne fumait pas... C'est son ami qui fumait; mais chaque fois qu'il venait, il se servait d'une soucoupe pour mettre ses cendres car il n'y a pas de cendrier dans l'appartement...

— Ce n'est donc certainement pas lui qui a laissé sur la table un journal mal replié et une cigarette consumée dans une soucoupe?

— Oh! sûrement pas, Monsieur; c'est encore une mauvaise habitude de son copain!

— Madame Haget, à quelle heure avez-vous fait le ménage chez Yan Piritz?

— Entre 5 et 6. Je termine ma journée à 6 heures.

— Savez-vous si Yan Piritz est monté à son appartement à 6 heures puisque c'est l'heure à laquelle il a quitté le magasin?

— Oh non! Monsieur! Yan Piritz sortait juste comme j'arrivais au bas de l'escalier.

— Je vous remercie, Madame », dit Barsac. Puis se tournant vers Rachel Baumann : « Madame Baumann, Piritz avait-il des parents à Paris ou des amis chez qui il aurait pu passer la nuit?

— Non! Yan n'avait pas de parents à Paris. Nous ne lui connaissons qu'un seul camarade,

Rolph Marik, qui travaillait chez Renault et habite à Suresnes.

— Quand M. Baumann a-t-il constaté l'absence de son ouvrier?

— Jeudi matin vers 9 heures, Yan n'étant pas encore descendu, mon mari est monté chez lui; il est revenu en disant : « C'est curieux, il semble que Yan ne soit pas rentré cette nuit. » Puis, à 10 heures, voyant qu'il n'arrivait toujours pas, il m'a dit : « Si, dans un quart d'heure, il n'est pas là, j'irai livrer le costume. Tu diras à Yacoub de m'attendre; je n'en aurai pas pour longtemps. » Il s'est préparé pour sortir et a dû partir dix minutes plus tard.

— Une dernière question, madame Baumann. Qui habite la maison en dehors de vous?

— Nous occupons le rez-de-chaussée avec le magasin-atelier, cette pièce qui sert de salon et de salle à manger; et la cuisine qui donne sur la cour. Nous occupons également le premier étage. Au second, il y a deux petits appartements occupés par deux dames veuves et âgées : Mme Gillot, dont Yan s'occupe beaucoup, et Mme Gaubert. Et au troisième, Yan. Le reste est constitué par un grenier.

— Je vous remercie, Madame », dit Barsac... Et comme pour s'excuser, il ajoute... « Il nous faut toujours recueillir beaucoup de renseignements pour, quelquefois, un faible résultat...

— Je comprends... Mais pourquoi ne me permet-on pas de le voir?

– Nous sommes obligés de faire examiner minutieusement la blessure qui a entraîné le décès... mais tout sera terminé ce soir. » Puis se tournant vers le rabbin : « Monsieur le Rabbin, pouvez-vous nous accorder quelques instants pour nous parler de vos amis, sans importuner davantage Mme Baumann?

– Je suis à votre disposition, Inspecteur. Rachel, montez donc vous reposer; je m'occupe de tout.


– Il faut excuser Rachel Baumann, dit le rabbin, dès que celle-ci a quitté la pièce. Son chagrin est immense; elle a l'impression qu'une fois de plus on lui a tout pris et qu'elle est victime d'une atroce injustice. Il faut la comprendre, cette génération a beaucoup souffert. David et elle sont nés en 1943, lui à Paris et elle du côté de Rotterdam. Leurs parents ont été arrêtés et déportés en 1944; ils sont morts en Allemagne. David a échappé à la Gestapo grâce à cet oncle qui a pu fuir et gagner l'Algérie. Il avait une excellente réputation d'artisan et aussi d'honnête homme. Il est très connu dans Paris, sa clientèle est importante et très fidèle. Le père de Rachel, Hans Huyssen, était diamantaire. Il avait un bureau à Rotterdam et il habitait à Vlaardingen. C'est un ami de son père qui, dès l'arrestation de celui-ci par la Gestapo, a réussi à se cacher avec elle, d'abord dans les environs, puis ensuite en Suisse où ils sont restés jusqu'en 1960. La même année, elle est venue à Paris où elle avait obtenu un poste de professeur d'allemand dans l'enseignement technique. C'est chez moi qu'elle a rencontré David. Je les ai mariés en 1965. Très vite, ils ont dû surmonter une douloureuse épreuve, Rachel ne pouvait pas avoir d'enfant. Cela a été très dur pour tous les deux. Je les ai aidés et ils ont fait preuve de beaucoup de courage. En 1970, nouvelle épreuve avec la mort de l'oncle de David. C'est à cette époque que David engage Yan Piritz, né à Stargard en Pologne, en 1950, et qui lui est recommandé par un confrère chez lequel il a appris le métier. Après une rencontre sportive, Piritz a refusé de regagner la Pologne et demandé le droit d'asile. Par la suite, ses parents étant bloqués à Varsovie, il a demandé et obtenu la nationalité française. C'est un très bon garçon que les Baumann ont toujours traité comme leur propre fils... Pour qu'il ne soit pas revenu maintenant, c'est qu'il lui est arrivé quelque chose... Peut-être a-t-il été accidenté ? Quelles que soient les apparences, je suis certain qu'il n'a rien à voir avec la mort de David et je lui garde toute mon estime...

— Monsieur le Rabbin, je vais certainement

vous choquer avec une dernière question :
Mme Baumann et Piritz n'étaient-ils pas liés
plus intimement?

– Oh! Inspecteur! Je n'aurais jamais pensé
que vous puissiez poser une telle question.
Rachel Baumann et Yan Piritz avaient des
rapports de mère à enfant. Ecartez de votre
esprit l'idée que Yan aurait pu se débarrasser
de David Baumann pour s'approprier le magasin, la clientèle, l'immeuble, et sa femme, éventuellement... Yan savait parfaitement qu'en cas
de décès de David, Rachel devait tout vendre et
partir en Israël. Cela est précisé chez le notaire.
Piritz avait, au contraire, tout intérêt à ce que
son patron vive le plus longtemps possible.

– Je vous remercie, monsieur le Rabbin.
Cette dernière information est importante.
Veuillez nous excuser; nous sommes souvent
contraints de poser des questions très indiscrètes pour essayer de découvrir une piste... En ce
qui concerne Piritz, des avis de recherche ont
été lancés; et s'il a été victime d'un accident,
nous le saurons rapidement.

– Je comprends. Veuillez m'excuser, j'ai déjà
pris beaucoup de retard.

Le rabbin parti, les deux policiers se regardent.

– Qu'en pensez-vous, Inspecteur? demande
Barsac.

– Un point est acquis. Piritz n'avait aucun
intérêt à faire disparaître son patron, au

contraire... Mais, avant de revenir au bureau, pourquoi n'irions-nous pas jeter un coup d'œil à son appartement ? dit la jeune Danielle Baurain.

Après le passage au peigne fin opéré par les spécialistes de l'Identité judiciaire, l'appartement n'a plus la même netteté ni l'ordre presque parfait de la veille.

Le canapé n'a pas été refermé, le guéridon n'est pas à la même place, la soucoupe et le journal ont été emportés. Sur les meubles, on voit des traces de poudre d'alumine utilisée pour la prise des empreintes ; dans la chambre, le lit a été entièrement défait, la couverture et les draps du canapé emportés pour analyse.

— Inutile de vous demander si vous retrouvez les lieux dans le même état, demande Danielle Baurain à Barsac, car le passage du labo a dû modifier sérieusement le paysage ?

— Pas tellement, répond Barsac. Tout semble être à la même place, sauf le guéridon : il était plus à droite et le canapé, refermé... Mais, attendez... quelque chose ne colle pas, que Lecoq et moi n'avons pas relevé hier... Cela a sans doute peu d'importance, mais... Lorsque nous avons terminé notre inspection, Lecoq, qui s'était assis pour prendre des notes, s'est levé et a repoussé la chaise avec son pied en disant : « Laissons le moins d'empreintes possible, cela facilitera le travail des copains du labo. » Donc, reprend Barsac, lorsque nous avons pénétré dans la pièce, cette chaise n'était pas comme l'autre, engagée sous la table, et cela aussi correspond à un désordre qui ne colle pas avec ce que nous savons de Piritz! Peut-être a-t-elle été utilisée pour écrire, il faudra demander au labo de bien examiner le journal, du moins ce qu'il en reste.

— En tout cas, c'est noté. Mais ce que je voudrais bien savoir, c'est pourquoi le copain de Piritz a couché sur la descente de lit, alors qu'habituellement, il utilise le canapé?

Barsac qui va de long en large, les mains derrière le dos, est agacé par cette question qu'il se pose depuis la veille et à laquelle il ne peut apporter la moindre réponse...

— Il n'a peut-être pas couché sur la descente de lit? Peut-être avait-il trop chaud et, par cette belle nuit d'avril, il est allé dormir dans le grenier, dit-il, sarcastique...

— Tiens, c'est vrai ça, le grenier on n'en a pas parlé, mais personne ne semble avoir eu l'idée de le visiter et de savoir s'il est fermé à clé?

La porte du grenier, qui fait face à celle de l'appartement de Piritz, s'ouvre sans difficulté. Comme dans tous les greniers, il y a un entassement de vieux meubles, de malles, de caisses vides et d'objets de toutes sortes... Mais, pas de traces d'une occupation récente!

— Bien! dit Barsac. Il faudra demander au

labo s'ils sont venus fouiller dans ce bric-à-brac. Pour nous, plus rien à faire ici; on rentre au bureau. N'oublions pas que le patron nous a demandé de reprendre contact le plus souvent possible. Au cas où...

Les policiers passent au premier étage au moment où le Dr Bénaïm sort de la chambre de Rachel Baumann.

– Comment est-elle? demande Barsac au praticien.

– Très fatiguée. Mais c'est une femme courageuse; elle surmonte sa douleur, surtout devant les autres. Je lui ai donné un calmant. Il faut absolument qu'elle dorme cette nuit. J'ai vu Mme Haget, la femme de ménage; elle restera ici pendant quelques jours. Son mari viendra la rejoindre dans la soirée et ils passeront la nuit dans le magasin, « afin que Mme Baumann se sente en sécurité », m'a-t-elle dit. Heureusement que dans son malheur elle a de braves gens autour d'elle.

Ils sont arrivés au rez-de-chaussée; Barsac demande encore :

– Docteur, vous connaissez bien Yan Piritz?

– Certes, oui! Je le vois chaque fois que je rends visite à David qui est un vieil ami. Récemment, j'ai eu l'occasion de lui prescrire quelques médicaments, notamment pour sa gorge un peu fragile. C'est pour cela, du reste, qu'il ne fumait pas... Mais, par ailleurs, il est de santé robuste. Je sais que c'est un très habile ouvrier, très consciencieux. Tout le monde le considère comme un honnête garçon, très dévoué... Il s'occupe de Mme Gillot, sa voisine du deuxième étage; une personne âgée, très attachante du reste; il lui fait ses commissions et lui rend de nombreux services...

— Je vous remercie, Docteur », dit Barsac. Et, tandis qu'ils gagnent ensemble la sortie, il ajoute : « Peut-être aurons-nous des nouvelles de Piritz en arrivant au Quai?

— Vous pensez à un accident? demande le docteur.

— Oui, ça paraît vraisemblable, sinon on ne voit pas pour quelle raison il ne serait pas revenu hier comme prévu pour livrer le costume.

— S'il s'agit d'un accident, reprend le docteur, espérons que ce ne sera pas trop grave, car ce serait un coup très rude pour Mme Baumann.

— Espérons-le! Au revoir, Docteur.

Barsac replace la clé de l'appartement du troisième et rejoint l'inspecteur Baurain dans la 204 de service.

— Allez, roulez, dit-il en s'installant au volant, à côté de Danielle. Le patron doit être impatient de nous revoir. Mais, si vous avez la gorge aussi sèche que la mienne, je vous propose de prendre un pot avant de rentrer.

## UN AGENT TRÈS SECRET

L'inspecteur Baurain sourit. Alors Barsac décroche le micro et appelle :
– Allô, central? Ici, voiture sept, répondez...
La réponse est immédiate :
– Voiture sept, à vous, répondez!
– Ici, Barsac. Terminé rue du Temple. Au Quai, dans une demi-heure. Terminé.
– Voiture sept, bien compris. Terminé!

## CHAPITRE 7

Vendredi 2 mai, 11 h 30

En raison de la dispersion des membres de la brigade lancés à la recherche d'informations nécessaires pour l'enquête, le commissaire Legros a demandé à chacun de venir rendre compte directement dès son retour. Tandis que Mallaud et Barsac mettent au point leur compte rendu, le commissaire Legros pose au fonctionnaire de la D.S.T. arrivé en avant-garde quelques questions sur ses premiers contacts avec les membres de son équipe.
– Alors, Mademoiselle, que pensez-vous de la brigade?
– Un peu prématuré pour se faire une opinion, monsieur le Commissaire. Mais, impression mitigée pour le moment. Très bonne dans l'ensemble, remarquez... car l'équipe paraît fort

soudée et je commence à comprendre pourquoi l'inspecteur Barsac a refusé à mon patron d'entrer à la D.S.T... Excellente impression sur l'inspecteur principal Mallaud qui fait un très bon meneur de jeu et domine toutes les situations avec un calme remarquable; l'inspecteur Lecoq, lui, me donne l'impression d'un gamin échappé de son école : astucieux, plus blagueur qu'un Marseillais, c'est sous les apparences d'un grand gavroche malicieux un vrai gorille camouflé sous une toison de brebis; quand il vous serre la main, on a l'impression qu'on va y laisser le bras. Mais, déjà, je l'aime bien... Les autres, Moisan, Lucas et Dumas, pas encore vus à l'œuvre.

– Et Barsac? demande le commissaire.

– Ah! Barsac... Barsac, c'est autre chose... Il est trop tôt pour en faire le tour. A première vue, très intelligent; beaucoup de qualités, mais très émotif, il est constamment en alerte pour n'en rien laisser paraître. Son intense besoin d'action doit parfois l'entraîner à une certaine impulsivité; mais, en général, il se contrôle bien et essaie de freiner sa primarité naturelle. C'est le type parfait du colérique de Le Senne...

– Bigre, dit le commissaire plein d'admiration devant ces portraits, où avez-vous si bien étudié André Le Senne?

– A l'Institut de Psychologie appliquée de

Lausanne... et aussi Freud, Young, Adler, Lacan et les autres...

– Et vous, Inspecteur, à quel type caractériologique appartenez-vous?

– Passionné, monsieur le Commissaire. Exactement à l'opposé de celui de l'inspecteur Barsac.

– Alors, vous êtes faits pour vous entendre », dit le commissaire qui, lui aussi, en connaît un rayon en psycho. Mais ses connaissances sont surtout fondées sur le contact permanent avec les hommes et il ajoute : « C'est avec lui que vous allez travailler. Dès que cette enquête sur l'attentat de la rue du Temple sera assez avancée, je le dégagerai de toute autre affaire. Vous organiserez votre action avec lui et me rendrez compte directement sauf, bien entendu, pour ce qui concernerait uniquement la D.S.T.

– D'accord, Commissaire! Je pense que cela marchera.

– Et, sur cet attentat de la rue du Temple, avez-vous une idée?

– Trop tôt pour se faire une opinion. Comme dit l'inspecteur Barsac, tout paraît trop simple à première vue. L'absence anormale de l'ouvrier tailleur Yan Piritz peut vouloir dire qu'il est le meurtrier! Mais alors pour quel motif? D'après les différents témoignages recueillis, cela paraît invraisemblable... et cependant!

– Il y a aussi une autre possibilité, dit le

commissaire. Yan Piritz ne serait pas le meurtrier mais responsable de la mort de son patron, dans la mesure où son copain... j'ai oublié le nom...

— Rolph Marik, fait l'inspecteur Baurain.

— C'est ça... Marik... eh bien, ce Marik pourrait l'avoir entraîné dans une aventure scabreuse qui aurait mal tourné! Et maintenant, il serait obligé de se cacher. Mais il n'ira pas loin, car tous les services de police et de gendarmerie ont été alertés, y compris Interpol.

— A moins, comme le suggérait ce matin le docteur de la famille Baumann, qu'il ait été victime d'un accident.

— Peu probable, car nous avons déjà des réponses négatives de tous les commissariats et des hôpitaux... alors?

La conversation est interrompue par l'arrivée de Mallaud et Barsac, accompagnés de Lecoq qui vient de rentrer de son voyage à... Billancourt.

— Installez-vous, dit le commissaire; mais laissez un peu de place pour vos collègues qui, je l'espère, ne tarderont pas à nous rejoindre... Voyons, comment allons-nous procéder? Qui prend des notes pour le rapport? Vous, Mallaud?

— Patron, intervient Lecoq, pourquoi n'appelez-vous pas la pervenche?

— La pervenche? demande le commissaire en fronçant les sourcils.

— Ben oui! celle qui faisait le trottoir... enfin, la circulation... la nouvelle secrétaire, quoi!

— Ah! Elle est arrivée?

— Oui, Patron, et vous nous rendriez un sacré service si vous pouviez l'occuper, parce que vous savez la belle Underwood que vous nous avez offerte il y a deux ans, et qui en avait déjà au moins quarante, on la soignait, on la ménageait, alors que cette sauvage, en quelques minutes, lui a déjà cassé au moins une patte!

— Dis donc, Lecoq, chuchote Barsac, elle est brune ou blonde?

— Ni l'un ni l'autre, mon vieux... elle est châtain! Avec la blonde avocate et la D.S.T. brune, la panoplie est complète!

— Allons, Lecoq, cessez d'appeler Mlle Sauvage, la pervenche, coupe le commissaire. Vous serez bien content de la trouver pour taper vos rapports généralement illisibles.

— Pas possible, Patron, elle s'appelle Sauvage?

— Oui, Elisabeth Sauvage!

— Oh! Fan de chichourle! comme dirait Cabriès. Eh bien! elle porte bien son nom; elle a des griffes! Quant à la machine sur laquelle vous comptez lui faire taper mes papiers, il doit sûrement pas en rester grand-chose à l'heure actuelle... si elle n'est pas déjà passée par la fenêtre!

Le commissaire saisit le téléphone :

— Allô, Cabriès?... Commissaire Legros...

Mlle Sauvage est-elle près de vous?... Vous dites, elle se fait la main sur la machine? Bon sang, dites-lui de venir tout de suite à mon bureau!

Lecoq éclate de rire, les autres sourient; le patron fait la moue, mais il sait bien que rien n'entame la bonne humeur de l'équipe ou l'espièglerie de Lecoq.

– Excusez-moi, Patron, reprend celui-ci. En fait, elle doit être une bonne fille, puisqu'elle n'a pas jeté la machine par la fenêtre!

Deux coups secs sont frappés à la porte du bureau.

– Entrez, dit le commissaire en se levant pour accueillir sa nouvelle collaboratrice.

– Ben! dis donc! glisse Lecoq à l'oreille de Barsac, elle n'a pas mis longtemps pour grimper les étages. Elle gambille aussi bien qu'elle tape!

– Bonjour, mademoiselle Sauvage, je ne vous attendais pas aussi rapidement. On m'avait promis pour la semaine prochaine... Mais, vous êtes la bienvenue. Nous avons grand besoin de vous. Vous avez fait connaissance avec le stagiaire Cabriès...

– Oui, monsieur le Commissaire. Il m'a dit que vous aviez une réunion importante... je n'ai pas voulu vous déranger.

– Très bien! Voici les autres membres de notre équipe : l'inspecteur principal Mallaud, l'inspecteur Lecoq, l'inspecteur Barsac et l'inspecteur Baurain de la D.S.T., détachée provisoirement à la brigade. Vous verrez tout à l'heure les autres inspecteurs. J'espère que vous ferez bon ménage avec tout le monde.

– Aucun problème pour les inspecteurs, monsieur le Commissaire... mais je vous préviens que pour la machine à écrire dont je suis censée me servir, elle vient de passer au rebut... En outre, si cela est possible, j'aimerais bien ne pas rester trop longtemps enfermée dans le gourbi de ces messieurs...

– Quel culot! souffle Lecoq à Barsac; j'ai l'impression que ça ne va pas être triste...

Le commissaire regarde la jeune fille bien moulée, et la mèche rebelle qui s'échappe de son coquin de petit chapeau; elle semble vraiment très à l'aise!

– Mademoiselle Sauvage, pour la machine à écrire, nous allons régler cela rapidement. Par ailleurs, ces messieurs se feront un plaisir de transformer leur « gourbi », comme vous dites, en un lieu convenant mieux au nouveau personnel. Asseyez-vous, Mademoiselle. Pouvez-vous noter l'essentiel de ce qui va être dit sur une affaire en cours?

– Je peux prendre très rapidement en sténo, monsieur le Commissaire. » Puis, sortant de son sac, bloc et crayon : « Je suis prête pour l'enregistrement.

– Bien! Alors, Mallaud, vous résumez ce que

vous savez actuellement sur ce meurtre de la rue du Temple.
— D'accord, Patron!
Tandis que l'inspecteur Mallaud retrace le film des événements des dernières vingt-quatre heures, la nouvelle secrétaire note sur son bloc ses signes cabalistiques à une vitesse supersonique. Et Lecoq, qui l'admire, murmure à l'oreille de Barsac :
— Tu as vu ses jambes!
— Lecoq!
Le débit de l'inspecteur Mallaud est assez rapide, mais net et clair. Il ne se perd pas dans les détails. Tout le monde suit avec attention, chacun prenant à son gré quelques notes...
— Vous suivez, Mademoiselle? demande le commissaire.
— Oui, très bien, monsieur le Commissaire. Si vous le désirez, je peux vous relire ce qui a été dit jusqu'ici.
— Je vous en prie... et que chacun de vous intervienne si cela est nécessaire... Nous vous écoutons.
La secrétaire a retourné les pages de son bloc, elle se relit sans la moindre difficulté :
— Hier matin, jeudi 1er mai à 10 h 15, le tailleur David Baumann est abattu devant la porte de son domicile, 82, rue du Temple. D'après les témoins, un coup de feu aurait été tiré sur lui par le passager d'une grosse moto de compétition qui a poursuivi sa route en

pétaradant, en direction de la place de la République... Appelée par des passants, la veuve de la victime, Rachel Baumann, n'a rien vu ni rien entendu avant le meurtre... L'ouvrier du tailleur, le nommé Yan Piritz, sujet Français d'origine polonaise, au service de Baumann depuis seize ans, a quitté le magasin le mercredi 30 avril à 18 heures. Il est sorti sans remonter dans son appartement au troisième étage et on ne l'a pas revu depuis... Dans la nuit de mercredi à jeudi, Mme Gillot, une locataire du deuxième étage, dont Piritz a l'habitude de s'occuper, a entendu rouler le canapé dans l'appartement de celui-ci, juste au-dessus du sien; mais, jeudi matin, elle n'a pas trouvé sous sa porte le journal que Piritz y glisse tous les matins... La visite de l'appartement de Piritz par les inspecteurs Lecoq et Barsac, une heure après le crime, a permis de relever un certain nombre d'anomalies, compte tenu de la réputation d'ordre et de minutie, à la limite de la maniaquerie, de Piritz : une chaise qui n'a pas été remise en place, une soucoupe ayant servi de cendrier – alors que Piritz ne fume pas –, un journal mal replié auquel il manque les pages centrales, le lit défait mais paraissant avoir été utilisé par une personne habillée et, enfin, le canapé, déplacé mais pas utilisé... Les renseignements donnés par le rabbin Mella, ami de la famille Baumann, sont excellents pour ceux-ci et leur ouvrier. Il semble cependant que

David Baumann ait été inquiet des allées et venues quotidiennes, depuis une huitaine de jours, du camarade de Piritz, le nommé Rolph Marik, dont l'inspecteur Lecoq est allé chercher l'adresse exacte à Renault-Billancourt...

— Bravo, mademoiselle Sauvage, bonne prise de notes! Voilà qui résume bien la situation à l'heure actuelle...

— Oui, Patron, dit l'inspecteur Mallaud, mais dans tout cela et malgré les dires de la vieille dame, rien ne prouve que Piritz soit revenu chez lui dans la nuit de mercredi!

— Evidemment! Mais alors, qui est venu chez lui? Et pour quoi faire? Espérons que les analyses du labo nous apporteront une indication. En attendant, il faut continuer à rechercher Piritz, et surtout mettre la main sur le dénommé Marik.

— L'ennui, Patron, c'est que le dénommé Marik n'existe pas, intervient Lecoq qui, les doigts dans les échancrures de son gilet, savoure son petit effet.

— Que voulez-vous dire, Lecoq? demande le commissaire, aussi ébahi que tous les autres participants.

— Eh! ce que j'ai dit, Patron... Marik n'existe pas. Il n'y a pas de Rolph Marik chez Renault à Billancourt, ni en province...

— Mais enfin, cela ne tient pas debout, reprend le commissaire un peu énervé... La famille Baumann, le rabbin, le garçon du restaurant n'ont pas inventé ce personnage, quand même! Alors?

— Alors, voilà, Patron : ce matin, je suis allé à Billancourt pour avoir l'adresse de ce Marik. Très bien reçu au service du personnel, un secrétaire m'a accompagné au centre informatique... Alors là, Patron... si vous voyiez l'installation! Et, quelle technique! Si nous avions seulement le quart...

— C'est bon, Lecoq, nous savons très bien que dans ce domaine nous ne sommes pas suréquipés! Il faut faire avec ce qu'on nous donne... Bon, continuez!

— Eh bien! un opérateur m'a demandé ce que je voulais savoir : il a pianoté sur son clavier et l'écran d'une sorte de Minitel géant a répondu : *Wallou*, comme dirait Barsac... *Niet*, quoi... Evidemment, j'ai pensé comme vous : « Ce n'est pas possible, la machine a dû se tromper. » Alors, je l'ai dit à l'opérateur, le gars a hoché la tête mais a rejoué son petit morceau de piano; et, de nouveau, l'écran a répondu : « Inconnu au bataillon. » Alors, j'ai demandé si on pouvait vérifier la liste des ouvriers récemment licenciés... Nouveau petit air sur le clavier... Réponse? Rien qui ressemble de près ou de loin à mon Marik! J'ai encore demandé si on pouvait avoir la liste des ouvriers habitant à Suresnes, puisque notre homme a dit y vivre. L'opérateur et le secrétaire m'ont regardé de travers, et sans ma carte de police... Moi, à leur place... Oui, d'accord, Patron, je continue. Nouveau petit pianotage... Sur l'écran, défile lentement une longue liste de noms impossibles à lire... Toujours pas de Marik... Mais, tout à coup, quelque chose se déclenche dans mon petit ordinateur personnel... Je demande à l'opérateur de stopper le défilé et je cherche ce qui a pu provoquer ce « drelin-drelin » dans mon cervelet... Et, je tombe en arrêt, c'est le cas de le dire, non pas sur un nom mais sur une adresse... Bâtiment C, cité Jean-Jaurès à Suresnes. Il m'a fallu une bonne minute de réflexion pour trouver ce qui avait pu m'alerter... Vous ne devinerez jamais...

— Ne nous faites pas languir, Lecoq! Réponse de votre cervelle électronique?

— Eh bien! tenez-vous bien... il n'existe pas de cité Jean-Jaurès à Suresnes. Ça, je peux vous l'assurer parce que je connais bien Suresnes, j'ai fait mon service au Mont-Valérien... et à Suresnes, il n'y a que la cité Jardins qui ne comporte que les bâtiments A et B... La cité Jean-Jaurès en question doit être celle de Billancourt.

— Et alors? demande le commissaire.

— Alors, Patron, j'ai pensé que, puisque la machine ne pouvait pas se tromper, c'était le bonhomme qui s'était mélangé les pinceaux en donnant son adresse. Alors, j'ai relevé le nom du quidam. Il s'appelle Volowieck, comme ça se prononce... et, tenez-vous bien... son prénom, c'est Rolph comme Marik! Alors je me suis dit, tu es sur une piste! J'ai aussitôt demandé quelques précisions sur le bonhomme... et, là, l'opérateur a répondu affirmativement. Quelques secondes plus tard, j'avais en main sa fiche individuelle : « Volowieck Rolph Marik, né à Angoulême, le 25 mai 1945. Embauché le 1er octobre 1981, manutentionnaire, O.S. sur chaîne, cariste. Aide-magasinier depuis juin 1985. En arrêt de maladie huit jours le 7 avril 1986. Absent depuis le 16 avril. Remplacement demandé par le chef de magasin le 21 avril... » Et, sur cette fiche, un petit détail dans l'adresse. Billancourt est rayé et remplacé par Suresnes, mais sans changement du nom de la cité, d'où l'erreur qui a attiré mon attention.

— Il n'a donc pas été licencié, comme le prétendait le copain de Piritz? demande Barsac.

— Non! Mais maintenant il va l'être... pour absence non justifiée...

— Bon, poursuivons! dit le commissaire... Vous êtes donc allé à Suresnes?

— Non. Vous comprenez, j'étais à Billancourt, alors je suis allé tout droit à la cité Jean-Jaurès, bâtiment C, puisque c'est là qu'il habitait au début. Alors, là, ç'a été grandiose! Imaginez trois immeubles de cinq étages. On y croise toutes les couleurs, des noirs, des jaunes, des rouges et quelques blancs. On y entend parler toutes les langues, une vraie tour de Babel... Autant chercher un trèfle à quatre feuilles dans un champ de luzerne... Jamais entendu parler ni de Marik ni de Volowieck... Pas connus! Et puis, un coup de pot. En sortant du gratte-ciel, j'avise devant la porte deux hommes qui parlaient français. Je tente encore ma chance et je leur fais un portrait de Marik, d'après la description de Mme Baumann : grand, blond... Je rajoute les yeux bleus, pourquoi pas? Et... l'un des gars dit à l'autre :

— Tiens, ça ressemble au gazier des blondes.

— Des blondes? ai-je dit.

— Oui, c'est un gars qui doit faire du trafic de cigarettes, la police est déjà venue plusieurs fois chez lui, mais il n'a jamais été arrêté. Il vient quelquefois chez le Chinois qui a un deux-pièces au cinquième, en face de chez moi. Le Chinois en question doit faire son beurre avec ceux qui viennent passer la nuit chez lui.

— Et ce voisinage ne vous gêne pas? ai-je demandé.

— Oh non! On s'habitue à toutes ces allées et venues; ce sont de pauvres gars étrangers, des sans-travail, ils font pitié... Nous, on n'a rien à leur reprocher; ils ne font pas de bruit.

— Bien entendu, reprend Lecoq, je suis remonté aussi sec au cinquième pour rendre une petite visite au Chinois qui, du reste très souriant, m'a fait bon accueil et m'a expliqué qu'il logeait – oh! le soir seulement – quelques camarades en panne... tous ceux qui sont en difficulté, qu'ils soient blancs ou noirs, arabes ou chinois... mais qu'il était en règle, et il m'a présenté tous ses papiers. Rien à dire à ce sujet. Il m'a laissé aussi jeter un coup d'œil dans la deuxième pièce où j'ai trouvé six matelas empilés qui servent chaque soir pour les amis provisoirement sans abri... Alors j'ai balancé le nom de Marik dans la conversation, mine de rien; mais il m'a dit d'un air très choqué : « Oh! Monsieur, je ne demande pas leurs papiers aux camarades que je reçois, le plus souvent pour une nuit seulement! » Alors, j'ai demandé si Volowieck ça lui disait quelque chose et le bonhomme a hoché la tête négativement en disant... « qu'il ne voyait pas »... Mais, moi, j'ai eu l'impression qu'il avait tiqué et qu'il était soudain gêné. Alors, j'ai poussé l'avantage et un peu bluffé : « Mon petit vieux, lui ai-je dit... je ne te veux pas de mal, mais j'ai un petit compte à régler avec Rolph Volowieck, un grand blond aux yeux bleus... Il me doit de l'argent, alors... tu me donnes un tuyau et je te fous la paix; ou tu me refuses ce « service » et je te vole dans les plumes, sans préjudice d'une dénonciation à la brigade des stup qui se fera un plaisir de te demander à qui tu revends les blondes!

– Euh... attendez, Monsieur, attendez... Volowieck ça ne me dit rien, mais par contre Rolph... c'est un Hongrois, je crois; il a logé ici il y a un an, peut-être deux; mais je ne l'ai pas vu depuis au moins...

— Deux jours! ai-je dit.

— Oh non! Plus que ça... » Je sens que mon Chinois hésite à aller plus loin et qu'il cherche un moyen pour se débarrasser de moi...

— Ecoutez, Monsieur! fait-il toujours avec ce même sourire... combien Rolph vous doit-il? Je vais vous rembourser, il me le rendra, j'en suis sûr.

— Alors, tu pourrais te délester d'une brique pour voir mes talons?

— Un million, non, ce n'est pas possible! Je n'ai pas une somme pareille ici...

— Alors, écoute-moi bien : ou tu déballes ce que tu sais sur ton ami Rolph et je te fous la paix; ou je t'emballe aussi sec, regarde ma carte! » Aussitôt, le Chinois se confond en serments solennels et me jure ne pas savoir où trouver Rolph... mais il finit par avouer :

— Ecoutez, Inspecteur, je risque gros. Ceux qui viennent me voir n'aiment pas qu'on parle d'eux. Tout ce que je peux vous dire, c'est que Rolph travaille chez Renault. Là, ils vous donneront son adresse... » Je regarde le bonhomme droit dans les yeux; mais allez donc savoir ce que cache un sourire chinois! Alors, comme je n'avais aucun motif pour l'embarquer, je l'ai quitté en lui recommandant de la boucler sur notre « entretien » et en l'assurant de ma prochaine visite. Evidemment, c'est maigre comme résultat, mais ça confirme deux choses : Volowieck a bien travaillé chez Renault et il a logé ici. Mais, à partir de là, je ne vois pas de lien entre Rolph Marik et Volowieck en dehors du nom de l'un qui est le prénom de l'autre... et qu'ils ont tous les deux travaillé chez Renault... Comme salade, on ne fait pas mieux!

— Eh bien! interrompt Barsac, admiratif, au moins toi tu n'as pas perdu ton temps!

— Je pense à quelque chose, dit l'inspecteur Baurain. Ce Volowieck n'aurait-il pas pris une autre identité pour ses rapports avec Piritz? Je vous dis cela en faisant le rapprochement entre ces deux prénoms : Rolph et Marik qui sont tous les deux des prénoms slaves. Rolph est le diminutif de Rodolphe et j'ai connu une petite fille qui s'appelait Marika! Le dénommé Volowieck a donc bien ces deux prénoms... et il utilise le second comme patronyme pour ses relations avec Piritz.

— Bravo, Inspecteur! lance Lecoq. C'est un très bon raisonnement. Mais j'y viendrai tout à l'heure...

— Parce qu'il y a encore un épisode? demande le commissaire Legros Vous n'aviez plus besoin d'aller à Suresnes...

— Mais si, Patron, car j'ai fait le même raisonnement que l'inspecteur : pourquoi ne pas aller voir à Suresnes, puisque c'est la dernière adresse notée chez Renault? Je suis donc allé à Suresnes, poursuit Lecoq, pas mécontent d'avoir la vedette. Au fait, Patron, j'ai été obligé de prendre un taxi à l'aller... et au retour... Faut bien, sans ça, je ne revenais pas avant ce soir et encore, Dieu sait à quelle heure!

— Oui, oui, c'est bon! continuez! Nous verrons plus tard pour la note de frais.

— Merci, Patron... Donc, reprend Lecoq qui sent son auditoire attentif, vous allez avoir une bonne surprise, Patron. A la cité Jardins à Suresnes, j'ai retrouvé la trace de Marik!

— La trace seulement?

— Hélas oui! Mais là, le tuyau est sûr. La cité Jardins, c'est autre chose qu'à Billancourt. Deux beaux immeubles et des locataires très différents... Gros avantage pour mon enquête, il y a un service d'accueil : gardiennage. Le type concierge de première classe, si vous voyez ce que je veux dire... « Monsieur Marik? Mais oui, Monsieur... S'il habitait ici, mais oui, Monsieur... » Enfin très grand style, quoi! J'apprends donc qu'un locataire du deuxième louait une chambre à ce monsieur Marik, mais qu'il est parti la semaine dernière... « Qui ça, ai-je demandé, le locataire ou Marik?

— Mais les deux, Monsieur. Le locataire avait donné son congé depuis un mois; il partait pour l'étranger et monsieur Marik était muté dans une usine Renault, en province.

— Quel est le prénom de M. Marik ?
— Je ne sais pas, Monsieur. Ici, tout le monde l'appelait monsieur Marik ! »

A l'exception de la secrétaire qui, malgré le débit rapide et fantaisiste de Lecoq, a pu noter l'essentiel et se relit, tous les autres participants se regardent avec la même pensée : « Que vient faire Piritz dans cette histoire ? »

— Attendez, continue Lecoq, ce n'est pas tout... Mais, cette fois, j'en termine avec mon voyage. Imaginez que lorsque j'ai fait le portrait de notre Marik, le concierge l'a aussitôt reconnu. Il a donc identifié le denommé Volowieck, qu'on appelle ici monsieur Marik ! Alors, s'il ne s'agit pas de jumeaux, c'est que Volowieck et Marik sont une seule et même personne ! Mais, alors qui était vraiment le copain de Piritz ? Ça, mystère et boule de...

— Bon, bon ! interrompt le commissaire manifestement irrité par la complexité de l'affaire et les maigres résultats obtenus.

— Ben oui, c'est tout, Patron ! fait Lecoq en levant les bras avec un air navré, comme déçu de n'avoir pas récolté un mot d'encouragement.

Le commissaire va dire quelque chose, mais les inspecteurs Dumas et Lucas reviennent de leur prospection rue du Temple.

— J'espère, dit-il en faisant signe aux deux policiers de s'asseoir, que vous nous apportez de meilleures nouvelles que celles de votre collègue Lecoq.

— Des nouvelles, oui en quelque sorte, dit l'inspecteur Dumas, mais pas très bonnes... Votre M. Jérôme Collin, domicilié 76, rue du Temple... eh bien! il n'existe pas!

Tous réagissent en même temps :

— Quoi? hurle le commissaire.

— Ce n'est pas possible, on se moque de nous! clame Mallaud.

— Je vous l'ai dit, Commissaire, cette affaire paraissait trop simple au départ pour être vraie, intervient l'inspecteur Baurain.

— Mais enfin, reprend le commissaire, cet homme, ce Jérôme Collin, nous ne l'avons pas inventé; il s'est bien présenté à nous spontanément?

— Et cependant, Patron, dit l'inspecteur Lucas... il n'existe aucun Jérôme Collin, ni au 76 ni dans toute la rue du Temple!

— Voyons, reprend le Commissaire en passant sa main sur son front, nous naviguons en plein conte fantastique! Voilà que tous les acteurs de ce drame disparaissent les uns après les autres!

— Ou en même temps, précise l'inspecteur Baurain. Ce qui voudrait dire qu'on fait tout pour orienter nos recherches vers des personnages qui n'existent pas et, ainsi, nous égarer...

— Malheureusement pour lui, coupe Barsac,

David Baumann existait bien, lui! mais lui, on l'a éliminé...

— Vous avez dit éliminé, fait l'inspecteur... Il s'agirait alors d'un meurtre prémédité, autrement dit d'un assassinat et donc que David Baumann a été tué parce qu'il savait quelque chose qu'il n'aurait pas dû savoir!

— Et c'est pour en faire part au rabbin, dit Mallaud, qu'il aurait demandé à celui-ci de venir le voir jeudi matin!

— Non, mais vous vous rendez compte de ce que vous suggérez? dit le commissaire. Alors, continuons dans cette voie : quelqu'un a provoqué la sortie du tailleur, le tueur à moto attendait cet instant pour agir, à 10 h 15, rue du Temple, devant une bonne douzaine de témoins? C'est tout simplement farfelu! Et Piritz, dans tout cela, quel rôle a-t-il joué? Et où est-il à l'heure actuelle?

— C'est très simple, lance Lecoq. Piritz a liquidé son patron, puis il est allé à la pêche...

Ce trait d'humour « à la Lecoq » laisse l'auditoire indifférent. On frappe à la porte du bureau : l'inspecteur Moisan revient de son expédition rue Keppler. Il est allé porter le costume qui aurait dû être livré la veille et faire connaissance avec son client, un certain Ahmed Rahim.

— Alors, Moisan, j'espère que vous, au moins,

vous avez trouvé notre client? demande le commissaire, déjà inquiet de la réponse.

— Hélas non, Patron! M. Ahmed Rahim a pris hier l'avion de 18 h 30 de la compagnie Libyan Airlines, à destination de Tripoli.

— Ça, au moins, c'est précis! Et qui vous a si bien renseigné?

— Le secrétaire de M. Rahim, un certain Wladimir Worowski.

— Worowski, dit le commissaire d'un air accablé... Manquait plus que celui-là, après le Marik et autre Volowieck... Et, parti pour Tripoli... Bientôt, nous allons nous retrouver à Moscou!

— C'est bien possible, Commissaire, dit l'inspecteur Baurain, car je viens de trouver quelque chose que je cherche depuis ce matin. Mais je vous en parlerai lorsque l'inspecteur Moisan aura terminé.

— Donc, reprend Moisan, je me suis présenté ce matin, avec le costume, au 16 de la rue Keppler. Là, le concierge m'a dit que M. Rahim était en voyage et que je devais m'adresser à son secrétaire M. Worowski à sa galerie des Champs-Elysées. Le 1er mai? ai-je dit. Et le gars m'a répondu... Mais bien sûr, c'est le dimanche et les jours fériés que la galerie travaille le plus. Je me suis donc rendu à l'adresse en question, et c'est là que le secrétaire m'a très aimablement renseigné.

— Et, ça ressemble à quoi, cette galerie?

— Un bric-à-brac de luxe, Patron. Une quantité importante d'objets d'art, dont certains doivent coûter une fortune. Je n'y connais pas grand-chose dans ce domaine, mais j'ai pu examiner des pièces signées, des Saxe, des Sèvres, des Baccarat... également des tableaux superbes mais dont je ne peux apprécier la valeur réelle. J'ai dit un bric-à-brac de luxe, car à côté de pièces certainement de grande valeur, on voit aussi des objets assez quelconques, vases, statuettes, bibelots divers, mais le tout, très bien présenté. Un détail qui m'a paru curieux... et qui n'a probablement aucune importance... c'est que tous les objets sont de taille très moyenne, y compris les tableaux, maximum 0,50 sur 0,40... Voilà, c'est tout, Patron...

— Cela ne nous avance guère, mais c'est déjà quelque chose de précis. Et, rue Keppler, vous n'avez pas vu l'appartement, bien sûr?

— Ben non! Patron... Je n'avais aucun motif pour demander à le visiter, puisqu'il n'est pas à louer. Je suis parti avec mon paquet sous le bras et, en passant, j'ai fait un bras d'honneur à Kadhafi..

— A Kadhafi? disent ensemble le commissaire et l'inspecteur Baurain.

— Ben oui! Patron, à côté du 16, il y a au 18 l'ambassade de Libye.

— Tiens, tiens! dit l'inspecteur Baurain, et il suffit de traverser l'avenue Kléber, pour trouver la légation de Syrie... Je sais bien que le 16ᵉ est le quartier des ambassades, mais quelle coïncidence! C'est peut-être aussi du genre fausse piste, il faut être prudent... Mais voici ce que je voulais dire tout à l'heure et qui me préoccupe depuis ce matin : rappelez-vous cet officier libyen de l'état-major du colonel Kadhafi qui avait disparu à Casablanca le 25 avril, aussitôt arrivé avec la délégation libyenne... il s'appelle Abdérahim Tamir. Et, là, monsieur Barsac me dira si je me trompe, mais phonétiquement, cela ressemble fort à Ahmed Rahim, notre client de la rue Keppler?

— Exact, dit Barsac mais seulement pour une oreille européenne, car pour un Arabe, la différence de prononciation est assez importante...

— Très juste, monsieur Barsac, et d'autre part ce serait vraiment de la chance si nous étions déjà sur la piste de cet agent de Kadhafi recherché par la D.S.T. Donc, encore une fois, prudence... Mais il y a un autre élément, peut-être lui aussi destiné à nous induire en erreur. Ahmed Rahim a bien pris le vol Paris-Tripoli jeudi à 18 h 30, mais mon patron vient de me faire savoir que le dénommé Rahim n'était pas dans l'avion après l'escale d'Athènes! Par contre, on retrouve sa trace à Larnaka, à Chypre, à l'escale du vol Rome-Athènes-Beyrouth! Il allait donc bien à Tripoli, mais à Tripoli au Liban et non à Tripoli en Libye. Et, là ça change tout, car vous n'ignorez pas que ce secteur est une véritable plaque tournante où l'on est sûr de rencontrer des agents plus ou moins secrets de tous les pays, notamment d'U.R.S.S... Attendez, ce n'est pas tout. Un de nos représentants au Proche-Orient vient également de nous faire savoir qu'un incident grave s'est produit à l'arrivée du vol Rome-Beyrouth. Bilan : un tué et un blessé grave. Sous toutes réserves, il s'agirait d'un contrat non exécuté, comme on dit dans le milieu; en fait, vraisemblablement une marchandise très particulière, qui n'a pas été livrée comme prévu. Et, à partir de là, je crois qu'on peut assez logiquement se demander si M. Ahmed Rahim ne serait pas tout simplement le convoyeur habituel des « colis »... Si, comme j'ai maintenant tendance à le croire, la galerie d'art des Champs-Elysées ne serait qu'une façade... Rappelez-vous ce qu'a dit l'inspecteur Moisan au sujet de cette galerie : « Il n'y a que des objets de dimension très moyenne et même les tableaux ne font au maximum que 0,50 sur 0,40 », ce qui revient à dire que ces objets peuvent très bien être truqués et servir de containers pour documents, microfilms et, pourquoi pas, de la drogue ?

– C'est tout ? demande le commissaire Legros, interloqué par cette avalanche de suppositions. Le moins qu'on puisse dire, c'est que vous ne manquez pas d'imagination, Mademoiselle ! Mais alors, dans tout cela, que viennent faire le tailleur et son ouvrier? Si, comme vous le suggérez, il y a erreur d'aiguillage, il nous faut tout reprendre depuis le début et savoir rapidement où le déraillement s'est produit, car le grand patron ne va pas tarder à nous demander des comptes!

— Tout à fait de votre avis, monsieur le Commissaire, dit l'inspecteur Baurain, et, pour commencer, je propose de retourner à l'appartement de Yan Piritz avec M. Barsac, car je pense qu'il y manque quelque chose qui nous a échappé lors de nos visites précédentes.

— Quoi donc, Inspecteur? demande le commissaire.

— Ce que Piritz et son camarade sont venus chercher dans la nuit de mercredi à jeudi aux environs de minuit, d'après la voisine, Mme Gillot. Personne ne les a entendus repartir, mais on peut supposer qu'ils sont restés peu de temps, ce qui expliquerait l'utilisation du lit sans le défaire et le canapé déplacé, mais pas utilisé comme lit.

— Hypothèse valable, en effet, dit le commissaire. Retournez donc rue du Temple avec Barsac et tâchez de me rapporter quelque chose de substantiel, parce que le procureur, lui, ne se contentera pas de...

Le téléphone lui coupe la parole.

— Allô... oui? Cabriès, allez-y! je vous écoute... Le taxi rouge? Quel taxi rouge?... Ah oui, d'accord! A la C.G.T.?... Ah bon! c'est très bien, merci... Cabriès a retrouvé le taxi rouge qui passait devant le 82 au moment de l'attentat. Le chauffeur est en route pour venir témoigner.

– Alors, hier matin, la C.F.D.T. avait un bateau et la C.G.T. des taxis rouges ? interroge Lecoq, goguenard.

– La Compagnie Générale des Taxis parisiens, précise le commissaire, excédé. Et puis, cela suffit pour ce matin. Moi, j'ai besoin de respirer... Alors, rendez-vous ici dès que vous avez du nouveau.

– C'est pas encore ce midi qu'on fera un bon repas tranquille, conclut Lecoq qui n'ose plus proposer d'aller à *L'Escargot*...

# CHAPITRE 8

Vendredi 2 mai, 14 heures. Dans le bureau du commissaire Legros, c'est la consternation car le résultat de l'autopsie contredit tous les témoignages recueillis rue du Temple.

« David Baumann a succombé à la suite d'une blessure causée par une balle de 8 millimètres, qui l'a atteint au niveau du cœur sous un angle de 25 à 30 degrés par rapport au sol. »

– Conclusion, dit le commissaire, les motards ne sont pour rien dans ce meurtre. Tous les témoins se sont trompés, car le coup de feu a été tiré du premier ou du deuxième étage de l'immeuble d'en face avec une arme de précision, vraisemblablement munie d'un silencieux!

« D'autre part, dans l'appartement de Piritz, le labo a découvert des traces de boue séchée au pied du lit et sur la couverture. Or, hier il ne pleuvait pas! Alors, d'où venaient Piritz et son copain?

— Peut-être de la pêche, Patron, répond Lecoq pour dégeler l'atmosphère quelque peu tendue.

Mais le commissaire goûte de moins en moins les interruptions oiseuses de son subordonné et poursuit :

— Enfin le labo a relevé peu d'empreintes de Piritz, quelques-unes de la femme de ménage et plusieurs autres, différentes de celles de Baumann et de sa femme; probablement celles de Marik.

— Donc, Commissaire, dit l'inspecteur Baurain, cela voudrait dire que dans la nuit de mercredi à jeudi, Piritz s'est allongé tout habillé sur son lit et que son ami a dormi sur le canapé sans le déplier. Plus que bizarre, n'est-ce pas?

— D'autant plus que d'après ce que nous savons de Piritz, on le voit mal se coucher tout habillé sur son lit, sans même enlever ses chaussures!

— En effet, moi je crois le contraire, intervient Barsac; c'est Marik qui s'est allongé sur le lit tout habillé, Piritz n'aurait jamais fait cela. Mais, c'est lui qui s'est assis sur le canapé sans le déplier. Les traces de boue ont donc été laissées par les chaussures de Marik.

— Autrement dit, on efface tout et on recommence, conclut le commissaire Legros.

— Pas tout à fait, monsieur le Commissaire, reprend l'inspecteur Baurain, car dans tout ce qui a été relevé, j'ai noté quelques petites choses. Par exemple, pendant le compte rendu de l'inspecteur Lecoq, à un certain moment mon ordinateur personnel a fait « drelin-drelin », comme il dit, mais je n'ai pas pu identifier le signal. Je viens de le faire. L'inspecteur Lecoq a dit que Volowieck est né en 1945 à Angoulême. Il est donc sujet Français par sa naissance, mais né de parents d'origine slave, russe probablement car je me souviens avoir vu dans nos archives qu'à la fin de la guerre, un certain nombre de camps ont été organisés pour accueillir des réfugiés. Il se peut donc qu'un de ces camps ait été situé à proximité d'Angoulême. Je peux vérifier cela facilement. Je pense aussi à un autre petit détail. Dans le sous-main de cuir noir, il y avait bien une ordonnance du Dr Bénaïm, monsieur Barsac?

— Oui. Le Dr Bénaïm nous a dit lui-même qu'il l'avait rédigée le mardi 29 avril, pourquoi?

— Parce que cette ordonnance n'a pas été utilisée, elle ne portait pas de timbre de pharmacie et aucun des médicaments prescrits n'a été découvert dans l'appartement.

— Et vous en concluez quoi? demande le commissaire.

— Pas de conclusions, monsieur le Commissaire, mais je pense qu'il faut essayer de savoir pourquoi Piritz n'a pas utilisé cette ordonnance. Ce n'est peut-être qu'un détail, mais il ne faut pas le négliger.

— En fin de compte, que nous reste-t-il de valable sur toutes les informations recueillies? interroge le commissaire.

— Pas grand-chose, Patron, dit l'inspecteur Mallaud. Je pense que tout repose sur ce que pourrait éventuellement nous dire Piritz lui-même.

La sonnerie du téléphone lui coupe la parole.

— Commissaire Legros, j'écoute... oui... passez-le-moi... (C'est la gendarmerie d'Issy-les-Moulineaux, dit-il)... allô! oui, Brigadier, je vous écoute... où exactement dites-vous?... pont d'Issy?... c'est bon, faites alerter l'Identité judiciaire, nous arrivons.

« Piritz ne pourra plus rien nous dire, on vient de retirer son corps de la Seine, à la pointe de l'île Saint-Germain.

— Noyé? demande l'inspecteur Mallaud.

— Probablement. On pouvait, hélas, s'attendre à quelque chose de ce genre... Allons-y. Vous venez avec nous, Inspecteur Baurain?

— Non, monsieur le Commissaire. Si vous le permettez, je vais essayer d'en savoir davantage sur les autres disparus... Volowieck, Rahim, Tamir, cela me semble de plus en plus important.

Au volant d'une voiture de service, le

commissaire Legros utilise la sirène pour se frayer un passage le long des quais où la circulation est particulièrement dense. A côté de lui, l'inspecteur Mallaud reste silencieux, tandis qu'à l'arrière, Barsac et Lecoq échangent quelques mots. Comme d'habitude, Lecoq qui ne prend jamais rien au tragique essaie de plaisanter mais le cœur n'y est pas. Tout laisse à penser, en effet, que cette affaire réserve encore d'autres mauvaises surprises!

– Drôle d'endroit pour venir s'y baigner! dit Lecoq.

– Il n'y est probablement pas venu seul, ni de son plein gré, fait Barsac...

– Tu veux dire que...

– Que ce n'est certainement pas un accident...

Arrivé quai de Stalingrad, le commissaire dépasse le pont d'Ivry qui enjambe l'île Saint-Germain et, devant la gare de Moulineaux-Billancourt, emprunte le passage qui permet d'accéder à l'île, au centre de laquelle se dressent les bâtiments des Subsistances militaires. A l'autre extrémité de l'île, sous le pont d'Issy, les gendarmes sont au bord du quai où est amarrée la vedette de la brigade fluviale : le corps du noyé y est étendu. Le brigadier Le Floch de la gendarmerie d'Issy-les-Moulineaux se présente aux policiers.

– Nous avons été alertés par un appel téléphonique de l'officier de service des Subsistances militaires, monsieur le Commissaire. Un des hommes de garde venait d'apercevoir un corps accroché au câble d'amarrage d'une barque à la pointe de l'île. Nous avons prévenu immédiatement la Fluviale et le S.A.M.U. Ce sont les hommes de la Fluviale qui ont dégagé le corps. Je vous ai fait prévenir dès que j'ai connu l'identité du noyé : Yan Piritz qui fait l'objet d'un avis de recherche.

— Merci, Brigadier, dit le commissaire. Allons voir cela de plus près.

A bord de la vedette, le médecin du S.A.M.U. est encore penché sur le corps, tandis que les plongeurs examinent minutieusement la barque et le mur du quai, à la recherche d'un éventuel indice.

— Le corps n'était qu'à moitié immergé, explique le chef de la vedette. On dirait qu'il est tombé du pont, que sa tête a heurté violemment le bord du quai et qu'il est resté accroché sous les aisselles par le câble d'amarrage de la barque. Regardez l'énorme plaie au sommet du crâne!

— Il n'est donc pas mort noyé? demande le commissaire.

— Certainement pas, intervient le médecin du S.A.M.U. L'autopsie le précisera, mais à mon avis, le haut du corps n'a pas été immergé.

Le médecin légiste qui vient d'arriver avec les spécialistes de l'Identité judiciaire confirme aussitôt ce diagnostic.

— La mort résulte certainement d'un enfoncement de la boîte crânienne, mais bon sang! pour avoir une telle blessure, il faut qu'il soit tombé d'un cinquième étage, ou qu'il ait été projeté avec une rare violence contre l'arête d'un mur; il peut aussi s'agir d'un coup, mais alors, ce n'est pas une mauviette qui l'a donné...

— Il est peut-être tout simplement tombé du pont, dit le commissaire.

— Peut-être, mais alors on a dû le pousser très fort et on doit trouver des traces de sang sur le bord du quai!

— Avez-vous une idée de l'heure approximative de la mort, Docteur?

— L'heure?... Disons, le jour, car cet homme est mort au moins depuis trente-six heures!

— Piritz ne peut donc pas avoir tué son patron jeudi matin, murmure le commissaire...

— Votre client n'a certainement tué personne jeudi matin, dit le docteur qui a entendu la réflexion du commissaire, car il était déjà mort, et depuis quelques heures! Sur ce, excusez-moi, ajoute-t-il; il paraît que j'ai un autre client qui m'attend. Envoyez celui-ci au frigo.

Après le départ du médecin légiste, les policiers examinent les papiers trouvés dans les vêtements de la victime. Bien que mouillé, le portefeuille est intact. Il contient une carte d'identité, une carte de sécurité sociale, une attestation d'assurance, une carte de membre de l'association « Polska-Solidarność » et six billets de cent francs; un carnet de notes qui se trouvait dans la poche-revolver de la victime a davantage souffert. Les notations au crayon sont encore déchiffrables mais celles, à l'encre, ont bavé et s'étalent en longues traînées noires. L'inspecteur Mallaud feuillette avec précaution le petit carnet, essayant d'y déchiffrer ce qui reste lisible.

– Des adresses, semble-t-il, dit Mallaud, des chiffres qui peuvent être des numéros de téléphone, apparemment rien de caractéristique... C'est plutôt maigre...

– Tu ne pensais tout de même pas y trouver le nom de l'assassin? demande ironiquement Lecoq.

Un stylo et un porte-monnaie contenant deux pièces de dix francs et de la menue monnaie complètent l'inventaire des objets trouvés. En les regardant, Barsac hoche la tête et dit :

– Il devrait y avoir autre chose dans ses poches!

– Et quoi? interroge Mallaud.

– Un trousseau de clés. Tout le monde a un trousseau de clés; alors pourquoi pas lui? Il devrait avoir sur lui la clé de l'immeuble et celle de l'appartement...

– Il les a peut-être perdues, ou alors il jouait avec lorsqu'il a été balancé à la flotte!

— Patron, regardez ça, dit Mallaud en tendant au commissaire le carnet de notes de Piritz... La dernière page a été arrachée! Et la dernière inscription au crayon est bien lisible : « mercredi 20 heures, Pol. Solid. ».

— Intéressant, dit le commissaire. Il s'agit certainement de la réunion de l'association à laquelle appartiennent Piritz et son ami. Donc, mercredi soir, après le dîner à *La Taverne*, ils ont dû se retrouver à cette réunion. Voilà un indice que nous devons pouvoir vérifier rapidement. Piritz et Marik ont-ils assisté à cette réunion ?

— Oh! ça ne mènera pas loin, dit Lecoq... quand on sait que Marik n'est qu'un fantôme!

— Oui, eh bien! moi je veux savoir qui est en réalité le fantôme qui venait voir Piritz, dînait avec lui à *La Taverne* et assistait avec lui aux réunions de l'association... Ça laisse tout de même quelques traces un fantôme comme celui-là!

— Découvert quelque chose ? demande l'inspecteur Mallaud au chef des plongeurs qui vient de rejoindre les policiers sur le quai.

— Des traces de sang sur la margelle du quai, répond-il. Il semble bien que le corps a été jeté à l'eau depuis le pont et que sa tête a heurté la pierre avant que son corps bascule et soit accroché par le câble de la barque. Il n'y a pas de trace particulière sur le pont. La victime a dû être transportée dans une voiture qui n'a pas dû s'arrêter bien longtemps; il a suffi de quelques secondes pour se débarrasser du corps.

– C'est bon, dit le commissaire. Nous ne pouvons rien faire de plus ici. Nous retournons au « 36 ».

Les policiers remontent en voiture, tandis que la vedette s'éloigne avec son passager en transit pour l'Institut médico-légal.

L'ambulance du S.A.M.U. est repartie vers son P.C. et les gendarmes d'Issy-les-Moulineaux sont les derniers à quitter les lieux.

Sur le quai de Stalingrad, les badauds qui ont essayé de voir ce qui se passait sur l'île, se dispersent rapidement, absorbés par le flot des promeneurs qui déambulent le long de la Seine.


Au « 36 », les policiers sont assaillis par une meute de journalistes et de photographes en mal de copie et d'images. Les questions fusent de toutes parts : « Monsieur le Commissaire, est-ce un attentat terroriste ? Avez-vous une piste ? Donnez-nous une information pour nos lecteurs... »

– Ecoutez, Messieurs, dit calmement le commissaire, vous devez comprendre que nous ne pouvons actuellement révéler ce que nous savons sans risquer de compromettre la suite d'une enquête qui ne fait, par ailleurs, que commencer. Vous savez que je n'aime pas les grandes déclarations en cours d'enquête. Pour le moment, ce qui est certain, c'est qu'il y a une deuxième victime : après le tailleur David Baumann, son ouvrier Yan Piritz a été victime d'une agression mortelle. Nous recherchons un suspect. C'est tout ce que je peux vous dire aujourd'hui.

« Alors, crie un reporter... et les nouvelles mesures contre le terrorisme, ça sert à quoi?... Et la coordination entre les polices, hurle un autre, ça n'a pas l'air d'être très efficace... »

Les policiers ont besoin de l'aide des deux gardiens de service pour échapper à l'étreinte des représentants de la presse.

– Pas contents, les journalistes, Patron, dit Barsac. Evidemment, vous ne leur avez pas dit grand-chose!

– Bien assez, grogne le commissaire, pour leur permettre de faire leur scoop habituel. Vous verrez, demain matin, la presse publiera en grande manchette : « Les révélations du commissaire Legros sur le double meurtre de la rue du Temple! »

## CHAPITRE 9

Dès leur retour, le commissaire Legros invite Mallaud et Barsac à le suivre dans son bureau. En quelques mots, il met les deux policiers au courant des instructions reçues la veille du directeur de la P.J.

– Pendant un certain temps, Barsac sera libéré des affaires courantes pour se consacrer en priorité, avec l'inspecteur Baurain, à une mission particulière, et selon les instructions données directement par le directeur de la D.S.T.

– C'est le directeur de la S.T. qui m'a réclamé? demande Barsac.

– Non! C'est notre grand patron qui vous a proposé en raison de vos états de service et de votre bonne connaissance des Arabes.

– Alors le directeur de la S.T. s'est souvenu de moi et il a accepté cette proposition pour travailler avec un de ses agents!

— Exactement.
— Eh bien! Patron... il ne manque pas d'estomac votre directeur de la S.T.; moi, à sa place, je me serais souvenu de mon refus d'entrer dans ses services, il y a quelques mois, et j'aurais refusé cette proposition!
— Disons qu'il n'a pas de rancune!
— J'espérais bien ne plus jamais entendre parler de cette boutique, grogne encore Barsac.
— Mais voilà, dit le commissaire, justement on en reparle et vous allez me faire le plaisir d'y mettre un peu de bonne volonté, tête de mule... Vous ne trouvez pas que j'ai assez de soucis avec cette affaire tordue de la rue du Temple et tout le reste? Alors un bon mouvement, Barsac, l'inspecteur Baurain n'est pas si désagréable à regarder... et elle ne vous mangera pas...
— Mais, bien sûr, Patron, je ne demande qu'à vous faire plaisir; je ne vois pas ce que je pourrais faire d'autre, du reste, mais rassurez-vous, je ne crains pas cette petite espionne d'opérette. Non, mais voyez-vous ça, ajoute-t-il, en s'adressant à Mallaud. Je me donne huit jours pour la mettre au pas... et au mien, autant que possible; c'est moi qui donnerai la cadence et, si elle a le malheur de...

Deux coups secs sont frappés à la porte.
— Tenez, voilà votre associée, Barsac... Entrez!

Et le commissaire ajoute rapidement :
— Allez-y doucement, Barsac; j'ai l'impression que cette pouliche-là ne se laissera pas facilement dompter...
— Asseyez-vous, Inspecteur. Êtes-vous au courant de ce que nous avons découvert à l'île Saint-Germain?
— Oui, monsieur le Commissaire, l'inspecteur Lecoq m'a succinctement mise au courant. Piritz n'a donc pas été victime d'un accident mais d'un assassinat.
— Oui, Yan Piritz était mort depuis plusieurs heures lorsque son patron a été abattu.
— Mais alors, monsieur le Commissaire, cela confirme une de nos hypothèses : le tailleur David Baumann a été supprimé parce qu'il allait dévoiler quelque chose au rabbin, et Piritz l'a été parce qu'il a refusé de faire ce qu'on exigeait de lui?
— C'est en effet bien possible. Mais que lui demandait-on? Et qui? Marik-Volowieck? Ou bien celui-ci n'était-il qu'un intermédiaire qui s'est empressé de disparaître lorsque les choses se sont gâtées? Et nous n'avons aucun élément nous permettant d'espérer retrouver sa trace!
— Peut-être plus que nous le pensons, Patron, fait Barsac, car j'ai l'impression qu'il y a pas mal d'improvisation dans ces deux meurtres. Il s'agit peut-être d'une affaire qui a mal tourné

et, dans ce cas, le meurtrier peut avoir commis une erreur. A nous de la découvrir.

— Que voulez-vous dire exactement? demande le commissaire.

— Eh bien! supposons que Piritz se soit rendu compte tout à coup qu'il était embarqué dans une affaire douteuse. Il refuse de faire ce qu'on lui demande et en parle à son patron en lui demandant conseil. Mais il ne lui en dit pas suffisamment pour que celui-ci juge nécessaire d'alerter la police : ce dernier pense d'abord à prendre conseil de son ami Yacoub Mella auquel il demande jeudi matin de venir le voir. Mais l'affaire en question est déjà trop engagée pour le meurtrier, et tout retard risque de le compromettre définitivement; il est obligé de brusquer les choses et en arrive à la violence pour faire céder Piritz... A partir de là, je pense à un accident. Piritz se défend, un coup malheureux, et son agresseur le croit mort; il l'est peut-être du reste; il n'a plus qu'une idée, se débarrasser du corps. On le balance à l'île Saint-Germain. Pourquoi à cet endroit? Sans doute parce qu'on n'a pas le temps d'aller plus loin... il y a quelque chose de plus urgent à faire... Ne me demandez pas où Piritz a été abattu, je ne suis pas Mme Soleil... Mais, poursuit Barsac, très sûr de sa thèse, la mort de Piritz ne résout rien. Au contraire, elle complique terriblement la situation, car devant son absence, son patron va parler; Piritz a dû dire qu'il l'avait mis au courant et, comme il ne peut courir un tel risque, le meurtrier le supprime à son tour.

— Ben voyons! dit Mallaud, très réticent sur cette hypothèse, dommage que la secrétaire n'ait pas enregistré ton récit, car tu as là un beau sujet de roman policier.

— Je serai moins sévère que vous, dit l'inspecteur Baurain, car ce que vient d'exposer M. Barsac est parfaitement plausible. C'est même, à mon avis, la seule explication logique de ces deux meurtres. Et, je maintiens qu'il est urgent de retourner à l'appartement de Piritz, car j'ai de plus en plus la certitude que nous devrions y découvrir quelque chose qui nous a échappé jusqu'ici.

— D'accord, fait le commissaire. Espérons que vous trouverez une piste, car pour le moment... Et, votre prospection à la D.S.T., a-t-elle donné quelques résultats?

— Oui, j'allais vous en parler. Les Services Spéciaux ont très rapidement identifié Rodolphe Marik Volowieck, né le 25 mai 1945 au camp de Bassau près d'Angoulême. Ses parents, d'origine russe, étaient internés dans ce camp, constitué à la fin de la guerre pour accueillir des émigrés de différents pays de l'Est. La déclaration à l'état civil est contresignée par un officier russe, le capitaine Rodolphe Bérezov, qui faisait partie de l'encadrement du camp. Ce dernier a peut-être été son parrain, d'où le prénom Rodolphe dont le diminutif est Rolph... La famille Volowieck ayant obtenu l'autorisation de résider en France, le jeune Rodolphe fait sa scolarité primaire à Angoulême et ses études secondaires à Bordeaux. Entré à l'Ecole supérieure d'électronique de Bordeaux, il sort en 1967 avec le diplôme d'ingénieur électronicien. Venu à Paris, il semble avoir participé activement aux événements de mai 68; puis, il disparaît sans laisser d'adresse. A cette même époque, ses parents obtiennent un visa de l'ambassade de Pologne et ils quittent la France pour ce pays. Des recherches sont en cours pour déterminer à quelle date et dans quelles conditions Volowieck est revenu en France et surtout pourquoi, avec ses diplômes, il s'est fait embaucher à la régie Renault comme aide-magasinier?

— Il était peut-être au chômage », dit Barsac avec un demi-sourire et il ajoute aussitôt : « Si Lecoq était là, il serait rempli d'admiration pour la rapidité et la précision des informations de la D.S.T.; il ne manquerait pas de dire qu'elle doit être aussi bien équipée que le service info de la Régie.

— Ainsi donc, dit le commissaire qui n'a pas écouté Barsac, Volowieck existe bien et il a utilisé ses deux prénoms pour ses relations avec Piritz. Mais, pourquoi ce camouflage, bien fragile en vérité, car il pouvait à tout moment être découvert!

— Par qui, monsieur le Commissaire ? Certainement pas par Piritz qui n'avait aucune raison de mettre en doute l'identité de son ami... Par l'association polonaise dont ils faisaient partie tous les deux ? Peu probable... même si on découvrait qu'il travaillait chez Renault sous le nom de Volowieck, rien à dire, puisque ses papiers sont à ce nom et en règle... A la limite, il pouvait toujours dire qu'en raison de son activité de militant antigouvernemental, ce camouflage le mettait, au moins dans un premier temps, à l'abri des agents à la solde du gouvernement actuel de Varsovie et lui donnait le temps de prendre le large.

— Et pourquoi pas ? dit le commissaire, sceptique. Au point où nous en sommes, on peut tout envisager et même le contraire de tout raisonnement logique ! Je me demande simplement pourquoi, dans ce cas, il a disparu ? On ne l'a tout de même pas supprimé, lui aussi ?

Devant le mutisme de ses subordonnés, le commissaire Legros lève les bras au ciel, comme pour implorer le Seigneur de lui envoyer une légion d'anges policiers pour l'aider à résoudre de tels problèmes.

— En attendant mieux, conclut-il, allez donc faire une nouvelle visite, tous les deux, à l'appartement de Piritz... et tâchez d'en rapporter quelque chose d'intéressant. Passez me voir en fin de journée. Mallaud, venez avec moi, nous allons rendre compte au patron ; mais je sais d'avance ce qu'il va nous dire : « Un peu léger comme résultats pour présenter un dossier au procureur. »


Après le départ du commissaire et de l'inspecteur Mallaud, Barsac va vers la fenêtre. Les mains derrière le dos, il regarde le trafic sur le quai et la péniche qui, lentement, glisse sur la Seine, tandis que Danielle Baurain referme son dossier et le range dans sa sacoche. C'est elle qui, au bout de quelques instants, rompt le silence :
— Monsieur Barsac, j'ai l'impression que ma venue dans votre équipe n'est pas de nature à vous faire exploser de joie! Evidemment, une femme dans la super-équipe de la Brigade criminelle, c'est pour le moins inattendu et cela peut poser des problèmes à certains esprits rétrogrades... Que va-t-on faire de ce policier en jupons?
Barsac n'a pas bougé. A se demander s'il a entendu ce que vient de dire l'inspecteur Baurain; mais derrière son dos, ses mains se sont crispées.
— Cependant, poursuit-elle, tout comme vous, monsieur Barsac, je sors de l'Ecole de police et, croyez-moi, mon parcours du combattant a certainement été plus rude que le vôtre. Je pense qu'à défaut d'avoir les mêmes

conceptions de la police, nous pourrions essayer d'atteindre les objectifs qui nous sont fixés par nos chefs avec un minimum de compréhension réciproque. Qu'en pensez-vous, inspecteur Barsac?

Barsac s'est retourné brusquement. Cette fois, ses traits sont tendus.

— Je pense, Inspecteur, que vous exagérez aussi bien votre rôle que le mien dans cette affaire. J'ai cru comprendre que votre mission était une mission de liaison; c'est-à-dire que vous êtes chargée de rapporter rapidement à votre chef tous les ragots de quartier des différents services de la P.J... Noble tâche, en vérité!

Danielle a posé sa sacoche sur le bureau du commissaire. Elle y prend appui des deux mains, comme si elle avait reçu un coup de massue. Sa voix reste calme, mais ses yeux brillent de colère :

— En d'autres circonstances, Inspecteur, je vous aurais déjà fait payer votre mépris et laissé tomber comme un partenaire inutile. Mais j'ai une mission à remplir, monsieur Barsac, et je la remplirai avec vous, sans vous et au besoin contre vous. Il m'importe peu de savoir si vous préférez les brunes ou les blondes, si vous êtes misogyne ou pédé; votre vie privée et vos états d'âme ne m'intéressent pas! Je ne suis ici, et pour tout le monde, qu'un policier au service de mon pays. Je pense que pour vous, la femme est un être inférieur sans autre utilité que celle de remplir les vides de la vie d'un homme! Mais j'ai appris à faire passer mon devoir avant mes petits soucis quotidiens. Et, rien ne m'empêchera de le faire! Vous comprenez cela, monsieur Pierre Barsac?

Peu à peu, son ton s'est durci; sa voix frémit de colère en prononçant les derniers mots. Surpris par une telle réaction, Barsac regarde la jeune femme avec étonnement, conscient tout à coup qu'il a dépassé la mesure.

— Veuillez m'excuser, dit-il presque timidement, je n'ai pas voulu vous blesser, mais, voyez-vous, je n'ai en effet jamais envisagé de faire ce métier en compagnie d'une femme. Oh! pas du tout parce que je considère la femme comme un être inférieur mais, par excès de sentimentalisme, sans doute, j'ai l'impression qu'avec une femme, je serais en infériorité en cas de coup dur, pensant d'abord à la protéger au détriment de la mission à remplir. J'ai bien tort car, voyez-vous, je me suis rendu compte que vous n'aviez besoin de personne pour vous défendre... J'ai, je l'avoue, manqué de psychologie, j'aurais dû essayer de mieux vous connaître...

— Certainement, dit-elle, et ce, dès hier soir lors du dîner. Peut-être est-ce le serveur qui, avec ses informations, a transformé la soirée en repas d'affaires! Mais, je pense que, comme

Madeleine Lenormand l'a fait, je dois vous accorder les circonstances atténuantes...

Au cours de l'échange, Barsac est revenu au centre de la pièce, et Danielle est allée vers la fenêtre en lui tournant le dos. Barsac s'approche d'elle :

— Inspecteur Baurain, je crois que tous les deux, nous venons de dire des choses que nous ne pensons pas. J'en suis responsable et je vous propose un armistice en attendant de vous prouver que je mérite une meilleure opinion de votre part. En fait, nous nous sommes laissés emporter par une même passion : celle de notre métier. Allons rue du Temple, voulez-vous... et ensemble, naturellement!

L'hésitation de Danielle est de courte durée. Ses traits se sont détendus, sa voix s'est adoucie, mais au fond de ses yeux brille encore une lueur de colère.

— D'accord, dit-elle en lui tendant la main.

— Merci! Et, en signe de pardon, ne m'appelez plus Inspecteur.

— Comment devrais-je vous appeler?

— Pierre Barsac, tout simplement.

— Alors, Pierre suffira, conclut-elle avec un sourire. Et vous, eh bien! vous m'appellerez Danielle. Allons, en route pour la rue du Temple!

— Mais, je croyais que nous ne devions plus nous occuper de cette affaire pour nous consacrer à la mission fixée par la D.S.T.?

— C'est exactement ce que nous allons faire, car je suis persuadée qu'il ne s'agit pas d'une affaire ordinaire. Vous aviez raison tout à l'heure, en disant qu'on avait tué Yan Piritz parce qu'il refusait de faire quelque chose et son patron, parce que Piritz lui avait fait part de ses difficultés. Il fallait probablement empêcher, à tout prix, la rencontre de David Baumann avec son ami, le rabbin Mella, prévue pour le jeudi en fin de matinée. Le meurtrier s'est trouvé dans l'obligation d'improviser, et je compte là-dessus pour qu'il ait oublié le détail qui nous mettra sur la piste. Nous allons donc commencer par chercher ce que Piritz et son ami sont venus reprendre rue du Temple, dans la nuit de mercredi à jeudi.

— Du nanan, quoi, dit Barsac en prenant le bras de Danielle et en l'entraînant...


Rue du Temple, après un nouveau passage des services de l'Identité judiciaire, le paysage a complètement changé. Les meubles ont été déplacés, les tiroirs vidés et leur contenu replacé en vrac.

Dans la chambre, la couverture, les draps et même la descente de lit ont été emportés. Les vêtements, le linge, habituellement rangés dans l'armoire et la penderie, sont également entassés sur le matelas. Le frigo, dont la porte est restée entrouverte, est entièrement dégivré.

– Une véritable mise à sac, dit l'inspecteur Baurain. Nous arrivons trop tard!

– Peut-être pas, dit Barsac, car si les spécialistes du labo avaient trouvé quelque chose, nous aurions été prévenus.

– Je me demande sous quelle forme peut bien se présenter ce que le visiteur nocturne est venu chercher, et surtout comment il a pu laisser des traces aussi nettes de son passage?

– Cela peut s'expliquer si ce visiteur était une autre personne que Marik. Venu pour chercher quelque chose de précis, il a dû être surpris de ne pas trouver l'objet en question. Il a pris le temps de réfléchir, en allumant une cigarette et en s'allongeant quelques instants sur le lit.

– C'est possible, en effet...

Sans grand espoir de trouver, Barsac et sa collègue cherchent encore un indice parmi les objets dispersés. Penchée sur les papiers éparpillés sur le bureau, Danielle se relève brusquement, un papier dans la main.

– Pierre! appelle-t-elle, venez voir...

– L'ordonnance du Dr Bénaïm, et alors?

– Vous savez que, depuis quelque temps, les médecins établissent leurs prescriptions sur un papier au carbone, ce qui permet au malade de conserver le double de l'ordonnance lorsqu'il a transmis l'original à sa caisse de Sécurité.

– Oui, je sais et alors?

– Alors, poursuit Danielle, regardez, quelqu'un a rédigé une note sans se rendre compte que l'ordonnance reproduisait son texte, du moins une partie, car l'ordonnance devait se trouver légèrement en biais. Le texte est donc incomplet et difficilement déchiffrable pour nous, mais au laboratoire, on doit pouvoir en tirer quelque chose d'intéressant. Regardez, là où l'écriture est plus appuyée... ça donne quelque chose comme :

```
)1 x voyas
)2 86031830 K
)5 Helena - Herve
noy sécurité dépôt Frm
```

– Nous ne tirerons rien de ce rébus... Nous allons le porter immédiatement à la D.S.T. Les spécialistes parviendront certainement assez vite à reconstituer le texte original. Il faut prendre également toutes les feuilles de papier, on peut y découvrir des mots écrits hors carbone, on y trouvera aussi des empreintes! En tout cas, nous n'avons pas perdu notre temps.

Les deux policiers vont franchir le seuil de la

pièce, lorsque, telle une petite souris silencieuse, la vieille Mme Gillot fait son apparition, suivie par Emilie Haget, la femme de ménage des Baumann.

— Ah! monsieur l'Inspecteur, dit Mme Gillot, il me semblait bien avoir entendu du bruit. Nous allions justement vous appeler au téléphone. Regardez ce que Mme Haget vient de trouver dans la boîte aux lettres! On dirait l'écriture de Yan, ajoute-t-elle en tendant à Barsac une enveloppe jaune en papier très ordinaire, d'où Barsac retire un ticket de la consigne de la gare de l'Est et un feuilllet portant ces mots : « Pour Monsieur Baumann. »

— La page arrachée au carnet de Piritz! s'exclament en même temps les deux policiers.

— C'est une blague! dit Barsac en retournant l'enveloppe et le feuillet dans tous les sens. Qu'est-ce que Piritz a pu déposer à la consigne de la gare de l'Est, mercredi à 21 heures?

— Quand avez-vous trouvé cette lettre? demande-t-il à la femme de ménage.

— Tout à l'heure dit-elle. Lorsque je suis sortie pour aller chez l'épicier, j'ai aperçu l'enveloppe dans la boîte aux lettres que personne n'avait pensé à relever ce matin.

— Madame Gillot, demande Danielle, aviez-vous demandé à Yan Piritz de déposer un paquet à la consigne de la gare de l'Est?

— Oh non! Madame! Mon Dieu, pour quoi faire? Je ne prends plus le train depuis longtemps...

— Et, mercredi, vous ne lui avez pas demandé quelque chose de particulier?

— Non! Il devait me porter du pain et du lait comme d'habitude... mais il a dû oublier!

L'inspecteur Baurain examine attentivement l'enveloppe.

— Je ne crois pas à une blague, Inspecteur, mais à un message de Piritz. Il a voulu nous indiquer quelque chose, mais le temps lui manquait pour le faire plus explicitement. Le texte du billet et l'adresse sur l'enveloppe ont été écrits très rapidement. « Mme Gillot, 82, rue du Temple... 3e. » Même pas le code postal normal, qu'il connaît cependant très bien; il n'a pas mis de timbre; il ne devait pas en avoir sur lui et la poste a mis un timbre « taxe ». Enfin, il a jeté cette lettre 93, rue Château-Landon, sans doute en revenant de la gare de l'Est vers la brasserie Victor, place de la République, pour assister à la réunion de son association, où il n'est arrivé qu'à 21 h 30. Quand nous aurons déposé le rébus à la D.S.T., il ne nous restera plus qu'à aller chercher le colis à la gare de l'Est.

— Je crois bien que vous avez raison, mais alors...

— Mon Dieu! s'exclame la vieille dame qui a pénétré dans la pièce. Que s'est-il passé ici?

Qui a pu faire ce grabuge? Pauvre Piritz, dans quel état il va trouver son appartement!

La vieille dame ne sait pas encore que Yan Piritz ne reviendra plus rue du Temple. Et ni l'un ni l'autre n'a le courage de le lui dire...

Mme Gillot va quitter la pièce, lorsque sur le pas de la porte elle se retourne, regarde le mur et dit d'un ton vraiment désolé :

– Ils ont même emporté le tableau!

A la même seconde, le même petit signal d'alerte a retenti dans le cerveau des policiers.

– Quel tableau? demande Barsac en la retenant par le bras.

– Mais, le tableau que son ami lui avait demandé de garder pendant quelques jours en attendant de le vendre! Il disait qu'il avait une grande valeur... Moi, je l'aimais bien, surtout pour les couleurs du ciel et de la mer!

– Vous rappelez-vous quand Yan Piritz a reçu ce tableau?

– Oh oui! monsieur l'Inspecteur. Je l'ai vu pour la première fois dimanche dernier... son ami le lui avait apporté samedi.

– De quelle taille était-il à peu près?

– Oh! pas très grand. Comme ceci, dit-elle en écartant ses deux mains... environ 40 centimètres. Il avait un très beau cadre doré, très large. Yan m'a dit que son ami pensait en tirer un bon prix, car il connaissait un marchand de tableaux.

– Où était-il accroché, madame Gillot ? demande Danielle.

– Là, sur le mur, devant vous. J'ai dit à Yan qu'à mon avis, il l'avait mis trop haut, mais il m'a répondu que le clou existait et qu'il ne voulait pas en planter un autre pour ne pas abîmer le mur. C'est bien de lui ça !

– Eh bien ! conclut Barsac, voilà l'explication du canapé déplacé et de la chaise qui n'était pas engagée sous la table. On s'en était servi pour décrocher le tableau.

– Exactement, dit Danielle, et le journal a servi pour l'envelopper.

– Oui, mais alors c'est dans la nuit de mercredi que Yan aurait rendu le tableau à Marik ! Pourquoi en pleine nuit ? Et, qu'ont fait les deux hommes après leur départ de *La Taverne* ? Il y a vraiment de quoi se casser la tête contre les murs... Au moment où nous découvrons quelque chose d'intéressant, nous nous apercevons aussitôt que cela complique un peu plus le problème !

– En tout cas, nous ne sommes pas venus pour rien ! Merci, madame Gillot, vous venez de nous rendre un grand service. Vos renseignements vont nous permettre d'y voir un peu plus clair dans cette affaire.

Barsac hoche la tête, pas très convaincu par cette affirmation de la jeune femme, mais tandis qu'ils gagnent la sortie, elle prend Barsac par le bras et lui dit :

— Je crois que nous tenons le bon bout, mon cher Pierre! En route pour le Quai. Il faut mettre le commissaire au courant, puis nous filerons à la D.S.T. où le service du Chiffre pourra s'amuser avec notre rébus.

— C'est ça, dit Barsac en riant, et nous laisserons au patron le soin d'aller retirer à la gare de l'Est le colis... peut-être piégé!

# CHAPITRE 10

Lorsque Barsac et sa collègue arrivent chez le commissaire Legros, celui-ci écoute le rapport de l'inspecteur Moisan qui revient également de la rue du Temple.

— Asseyez-vous, dit le commissaire aux arrivants, et avant de me dire ce que vous avez récolté, écoutez ce que rapporte Moisan, il y a de quoi s'arracher les cheveux!

— Eh bien! Patron, avec tout le respect que je vous dois, j'ai peur qu'il ne vous en reste pas beaucoup après notre récit...

— Allez-y! Moisan, on reprend au début.

— Je disais donc, poursuit l'inspecteur Moisan, que l'autopsie ayant révélé que David Baumann avait été frappé de face et sous un angle de 25 à 30 degrés, j'ai vérifié sur place d'où le meurtrier avait pu tirer sur lui et cela donne une des fenêtres du premier ou du deuxième étage de l'immeuble qui fait face au 82, c'est-à-dire le 85... C'est un immeuble de trois étages qui comprend huit appartements. Il n'y a pas de concierge. L'un des deux locataires du rez-de-chaussée reçoit les demandes éventuelles des autres locataires et les transmet au propriétaire qui habite en banlieue et passe tous les mois... Ce concierge nouveau modèle était absent lors de ma visite, mais j'ai rencontré un des locataires du premier étage qui m'a dit que jeudi, vers 10 heures, comme il quittait son appartement pour aller faire des courses, il avait aperçu un ouvrier qui travaillait à la fenêtre du couloir qui donne sur la rue du Temple. Il a échangé quelques mots avec lui et l'ouvrier a demandé s'il avait réclamé le remplacement du carreau fendu. Sur la réponse négative du locataire, l'ouvrier a dit : « Ce doit être le concierge qui a téléphoné à mon patron ce matin; comme je suis de permanence, il m'a envoyé tout de suite. » Lorsque ce locataire a regagné son appartement, une heure plus tard, l'ouvrier était parti et le carreau remplacé. Mais ce qui est curieux, c'est que personne n'a constaté qu'un carreau était cassé et personne n'a fait appel à un vitrier!

– Il était 10 heures, dit le commissaire, et on aurait tiré de cette fenêtre à 10 h 15 exactement? Comment le tireur pouvait-il savoir que le tailleur sortirait de son magasin à cet instant précis? Il ne pouvait tout de même pas rester à l'affût pendant longtemps... Il ne faut guère plus d'un quart d'heure pour remplacer un carreau.

— Bien sûr, Patron, dit Barsac, mais on peut imaginer qu'un complice a sonné pour faire sortir le tailleur.

— Oh! votre imagination va loin, Barsac, fait le commissaire... Il faut alors penser que ce complice savait que Piritz n'était pas là et que seul David Baumann répondrait à son coup de sonnette!

— Et pourquoi pas, Patron? L'ouvrier avait un fusil à lunette et un silencieux dans sa caisse à outils. De toute façon, avec tous les bruits de la rue, on ne risquait guère de distinguer un coup de feu d'une pétarade de moto! L'immeuble était pratiquement vide jeudi, entre 10 heures et midi.

— En effet, ajoute l'inspecteur Moisan, tous les locataires étaient sortis à cette heure-là.

— Et la porte de l'immeuble, demande encore le commissaire, elle était ouverte?

— Oui, Patron, on ne la ferme qu'à 22 heures. Bien entendu, chaque locataire a sa clé. Il n'y a pas de mégaphone et pas d'ouverture télécommandée.

— Eh bien! voilà qui démolit tout ce que les témoins oculaires ont déclaré.... Fragilité des témoignages! ajoute-t-il en hochant la tête. Les motards ne sont donc pour rien dans ce meurtre et nous n'avons toujours aucune indication sur cet attentat et la disparition de Piritz !

Le stagiaire Cabriès fait son apparition, très excité :

— Monsieur le Commissaire, je viens d'enregistrer la déposition du chauffeur de taxi.

— Oh ! maintenant, mon pauvre ami, cela n'a plus grand intérêt, dit le commissaire. Comme tout le monde, il a vu une moto passer en pétaradant... Il ne nous apprendra rien que nous ne sachions déjà !

— Oh ! mais si, monsieur le Commissaire ! Car s'il a bien vu la moto le doubler et filer vers la République, il a vu aussi un homme, un feutre enfoncé sur les yeux et le col de l'imperméable relevé, qui sonnait au 82, puis repartait aussitôt sans attendre, comme quelqu'un qui se serait trompé d'adresse. En faisant sa déposition, il a ajouté : « En y repensant maintenant, c'est tout de même bizarre que cet homme se soit promené jeudi matin avec un imper, le col relevé et le chapeau sur le nez alors qu'il faisait grand soleil ! »

— Eh bien ! Patron, dit Barsac, voilà au moins un point d'éclairci. Un complice attendait au coin de la rue des Haudriettes le signal du soi-disant ouvrier vitrier, indiquant qu'il était prêt à tirer. Le complice a sonné au 82, a poursuivi sa route et personne n'a rien vu ni rien entendu.

— Il faut tout de même un sacré culot pour

exécuter un coup pareil en plein jour et dans une rue aussi fréquentée, dit le commissaire.

— Oh! vous n'êtes pas au bout de vos surprises, Commissaire, dit l'inspecteur Baurain, car ce que nous venons de découvrir est encore plus farfelu. Imaginez que nous attendons la traduction d'un message secret et que nous devons sans tarder aller retirer à la consigne de la gare de l'Est une pochette-surprise qui risque d'être explosive!

Le regard pitoyable que dirige le commissaire vers l'inspecteur ferait sangloter un hippopotame, dirait Lecoq. Il veut parler, mais les mots restent bloqués dans sa gorge...

— Voyons, lance Barsac, vous devriez prendre quelques précautions pour annoncer de telles nouvelles, car sans cela, non seulement notre patron n'aura plus de cheveux à la fin de l'enquête, mais il n'aura plus de voix non plus! Laissez-moi faire... Voilà, Patron...

Et, sans la moindre précaution oratoire, Barsac fait le récit de ce qu'ils viennent de découvrir dans l'appartement de Piritz.

Le commissaire n'a pas le temps de digérer ces nouvelles, qu'apparaissent les inspecteurs Lucas et Lecoq.

— Nous avons du nouveau, Patron! » claironne Lecoq depuis le seuil du bureau, et il enchaîne aussitôt sans y être autrement invité que par le silence qui succède à son annonce tonitruante : « Tout d'abord, à Billancourt, le

Chinois a déménagé! L'appartement a été lavé, gratté, javellisé; les matelas qui assuraient un repos bien mérité aux amis de passage, ont disparu! Le nouvel occupant est un Vietnamien, répondant au doux nom de Lim San Tuong; il figurait sur la liste d'attente pour l'attribution d'un logement cité Jean-Jaurès. Il a emménagé ce matin et n'a jamais vu notre Chinois. La piste est donc complètement coupée de ce côté!

– Bonne nouvelle, en effet, dit le commissaire.

– Attendez, Patron, ce n'est pas tout!... Nous venons de rendre visite au président de l'association à laquelle appartiennent Piritz et son copain Marik. Les deux hommes sont bien connus du président; ils assistent régulièrement aux réunions qui ont lieu le dernier samedi de chaque mois, dans une salle de la brasserie Victor, place de la République. Mais comme le comité avait décidé de participer aux manifestations du 1er mai, la réunion mensuelle a été exceptionnellement fixée au mercredi 30 avril à 20 heures. Piritz et Marik ont assisté à cette réunion, mais dans des conditions assez particulières... Contrairement à leur habitude, Marik est arrivé le premier vers 20 h 15. Il paraissait très étonné que Piritz ne soit pas déjà là, et il est allé plusieurs fois demander au serveur du bar s'il n'avait pas vu son ami. Il a aussi appelé quelqu'un par le téléphone du bar : la caissière a seulement entendu : « Viens m'attendre chez Victor. » Toujours d'après le président du groupe, Piritz est arrivé vers 21 h 30 et s'est installé assez loin de Marik. Ils ne se sont pas parlé pendant toute la réunion qui s'est achevée à 22 h 30. A ce moment-là, les participants se sont dispersés; certains ont quitté la brasserie après une petite station au bar. Enfin, on a vu Piritz et Marik consommer une bière au comptoir, puis partir ensemble, vers 23 heures... Voilà, Patron !

– Que pensez-vous de cela, Inspecteur ? demande le commissaire.

– Je crois que la situation s'éclaircit légèrement; mais on en est encore réduit aux hypothèses pour l'essentiel. En effet, poursuit-elle, on peut supposer que Piritz a découvert récemment que Marik se livre à une activité plus que douteuse. Il pense que ce tableau de si grande valeur a sans doute été volé, il ne veut pas être complice d'un acte de ce genre et il confie ses doutes à son patron qui, à défaut d'éléments suffisants pour alerter la police, pense à demander conseil à son ami le rabbin. Il est probable que mercredi soir à *La Taverne*, Piritz a dit à Marik qu'il ne porterait pas le tableau rue Keppler le lendemain matin, en le dissimulant, comme prévu, dans le carton du costume destiné à M. Ahmed Rahim... D'où la discussion pendant le repas et le départ précipité des deux hommes... Pour Marik, c'est une catastrophe : il lui faut récupérer le tableau le plus rapidement possible et disparaître, mais il ne peut aller chez Piritz sans celui-ci et il doit attendre la fin de la réunion pour le faire, et au besoin par la force... Mais Piritz, convaincu désormais que l'affaire est malhonnête, revient rue du Temple en sortant du restaurant; il doit être 20 h 15; il enveloppe le tableau dans une feuille de son journal et va le déposer à la consigne de la gare de l'Est à 21 heures. Il a dû penser que, de cette façon-là, il ne compromettait personne et qu'il aurait tout le temps nécessaire pour aviser avec l'aide de son patron. Pour surcroît de précaution, il a pris une enveloppe sur son bureau pour adresser le ticket de consigne à Mme Gillot... et, à 21 h 30, il arrive à la brasserie Victor où Marik se demande où il a pu aller...

— Possible, en effet. Mais pourquoi Piritz adresse-t-il le reçu de la consigne à Mme Gillot? demande le commissaire.

— Simplement, parce qu'il se méfie de tout maintenant et pense que, s'il se l'adresse à lui-même ou à son patron, la lettre risquera d'être interceptée... tandis que, Mme Gillot, personne ne songera à surveiller son courrier.

— Bravo! Comme vous le disiez, la situation se clarifie! Et maintenant que se passe-t-il? Plus de Piritz pour nous dire ce qui s'est réellement passé mercredi soir après 23 heures! Quant au dénommé Marik, il a dû se mettre à l'abri des intempéries!

– Si mon hypothèse se révèle exacte, je pense que le reste est très clair.

– A votre santé! ricane Lecoq qui, totalement dépassé par une telle imagination, va s'asseoir dans un coin en se grattant l'oreille droite, ce qui, chez lui, traduit une grande perplexité.

– Oui, pour moi, c'est clair maintenant. Suivez mon raisonnement : à 23 heures, Piritz et Marik sortent ensemble de la brasserie. Une voiture les attend, celle que Marik a demandée par téléphone. Il s'agit probablement d'un taxi conduit par un complice, car Piritz, sur ses gardes désormais, ne se serait pas laissé facilement embarquer dans une voiture particulière. Marik, qui a compris que Piritz ne reviendra pas sur sa décision, est obligé d'employer la force. Il assomme son compagnon pour s'emparer de ses clés et aller récupérer le tableau. Marik a-t-il frappé trop fort? Croit-il avoir tué Piritz? Il s'affole, il doit se débarrasser du corps. Le chauffeur a roulé sans se préoccuper de ce qui se passait derrière son dos... Il a roulé le long des quais. Il traverse la Seine au pont d'Issy; Marik lui demande de ralentir, prend le trousseau de clés dans la poche de Piritz et balance le corps par-dessus bord. Le corps du malheureux reste accroché au câble d'amarrage d'où on le dégagera 24 heures plus tard...

Le reste est facile à imaginer. Marik doit absolument récupérer le tableau mais ne peut venir rue du Temple sans Piritz; le risque est trop grand! Il décide donc de porter la deuxième partie des documents à son destinataire et renvoie son complice-chauffeur rue du Temple où, en cas de rencontre, il pourra dire qu'il rapporte le trousseau de clés perdu par Piritz... Mais, le tableau a disparu. Complètement désorienté devant cette situation imprévue, ne pouvant plus contacter Marik, le chauffeur essaie de trouver une solution, il réfléchit, allume une cigarette, ne la fume pas, s'allonge sur le lit sans prendre de précaution, avec cette question vitale pour lui : « Où Piritz a-t-il mis le tableau?... » Trop tard pour le lui faire dire de gré ou de force! Il ne l'a certainement pas caché dans l'appartement... Alors, chez son patron? Et, demain matin devant l'absence de son ouvrier il va tout raconter à la police... Donc, la solution est claire, il faut également supprimer ce patron encombrant... Mais ce n'est pas le seul danger pour Marik, il y a aussi le destinataire du colis et les dispositions prévues pour son transport qui doivent être annulées ou, du moins, retardées. D'où le message rédigé hâtivement sur le bureau de Piritz et dont l'ordonnance du Dr Bénaïm a reproduit une partie. Il nous reste donc une double chance : nous récupérons le tableau à la gare de l'Est et le service du Chiffre de la D.S.T.

nous donne le moyen de coiffer Marik et son ou ses complices...

— Vous pensez donc que c'est un tableau volé et de grande valeur que Piritz a déposé?

— Oui, que voulez-vous que ce soit d'autre?

— Je ne sais pas, car même si ce tableau est d'un très grand prix, le criminel prend d'énormes risques pour le récupérer...

— Oh! croyez-moi, Commissaire, ou je me trompe fort, ou le risque est encore plus grand avec le destinataire qui a probablement beaucoup investi dans cette affaire.

— Donc, conclut le commissaire, le complice de Marik a improvisé et réalisé le meurtre de David Baumann qui, en fait, n'était pour rien dans cette affaire... C'est lamentable... Eh bien! en route pour la gare de l'Est, mais cette fois, je vous accompagne...

— Patron, crie Lecoq au moment où le commissaire va quitter le bureau, vous devriez emmener un artificier avec vous, au cas où le dépositaire du colis aurait confondu le 1er mai avec... le 14 juillet!


Dès son arrivée à la D.S.T., le commissaire Legros est reçu par le préfet Bouvier, directeur de ce service.

— Alors, Commissaire, dit celui-ci en lui serrant la main, je constate avec plaisir que la cohabitation P.J.-D.S.T. fonctionne bien elle aussi, pour employer une formule à la mode, et que votre nouvelle recrue fait bon ménage avec vos inspecteurs.

– En effet, monsieur le Préfet, avec l'avantage qu'entre nos services, il n'y a pas de divergences fondamentales : simplement, notre action se situe dans un domaine un peu différent. Je dois dire qu'à l'arrivée de Mlle Baurain, nous avons tous été un peu surpris... Surtout, parce que nous attendions l'inspecteur « Daniel » Baurain et que nous n'avons pas encore l'habitude d'aller sur le terrain avec du personnel féminin. D'autre part, le folklore aidant, on se fait généralement une certaine idée des agents secrets et leur rôle est toujours enveloppé d'un certain mystère. Mais tout se passe bien et dans le cas présent, grâce à la liaison directe avec vous, l'inspecteur Baurain va nous permettre de progresser plus rapidement dans une affaire certainement plus compliquée qu'il n'y paraissait au premier abord.

En quelques mots, le commissaire Legros met le préfet au courant des résultats de l'enquête et conclut :

– Grâce à l'inspecteur Baurain, vos services ont rapidement identifié le dénommé Volowieck. Mais non seulement il nous a filé entre les doigts, mais nous sommes en présence de deux nouveaux casse-tête : le duplicata d'une prescription médicale sur laquelle une partie d'un message s'est reproduite à l'insu du scripteur, et ce tableau qui ne vaut pas un clou et a cependant coûté la vie à deux personnes. Voici le duplicata en question. On y déchiffrera bien quelques éléments de ce qui doit être un message, mais pour nous c'est du chinois!

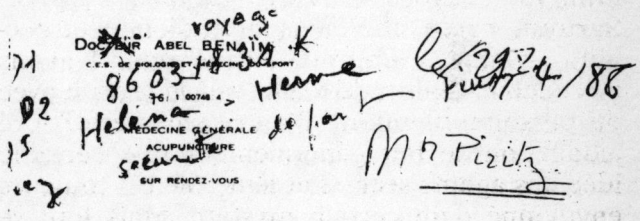

Le préfet Bouvier examine le document avec une loupe à fort grossissement.

– C'est curieux, dit-il. Cela ressemble plus à un code simple qu'à un véritable chiffrement. La personne qui a écrit ce texte l'a certainement fait hâtivement, sans autre précaution que celle d'empêcher une traduction directe de son message par un non-initié. Nous allons d'abord le passer au microscope pour faire apparaître tout ce que le carbone a reproduit, puis nous essayerons de compléter le texte.

Par l'interphone, le préfet appelle son secrétaire :

– Dites au commissaire Dumont de venir immédiatement à mon bureau et faites entrer les inspecteurs Baurain et Barsac.

« Dumont est le chef de notre service du Chiffre. Je pense qu'il pourra traduire rapidement l'essentiel de ce texte. Quant au tableau, nous allons le faire examiner avec soin. La toile sera passée aux rayons X. Si un message y a été écrit, nous parviendrons bien à le faire apparaître. Pour le traduire, ce sera probablement plus difficile mais nous avons d'excellents spécialistes pour ce genre de travail.

Le commissaire Dumont, les inspecteurs Baurain et Barsac pénètrent ensemble dans le bureau.

– Je vous présente le commissaire Dumont, dit le préfet Bouvier. Dumont, vous connaissez déjà l'inspecteur Baurain, voici l'inspecteur Pierre Barsac qui, désormais, fait équipe avec Mlle Baurain. Vous allez faire examiner en priorité absolue cette ordonnance et ce tableau. L'inspecteur Baurain va vous mettre au courant d'une affaire qui pourrait bien avoir un lien avec ce Volowieck que nous avons identifié ce matin.

– Bien, monsieur le Préfet. Je vais porter ces pièces au laboratoire et je reviens chercher les inspecteurs pour faire le point sur leur enquête.

— Monsieur le Préfet, dit le commissaire Legros, je laisse donc ces jeunes gens à votre disposition pour la suite immédiate de cette affaire. La Brigade criminelle tout entière est à votre service, si vous en avez besoin. Heureux d'avoir eu ce contact avec vous.

— Moi de même », dit le préfet en raccompagnant le commissaire. Puis, au moment où la jeune fille et Barsac vont quitter le bureau, il retient ce dernier par le bras : « Inspecteur Barsac, je suis heureux de savoir que vous faites bon ménage avec Danielle Baurain... Je tenais à vous le dire!

— Mais, monsieur le Préfet, c'est une jeune fille très agréable et je pense qu'elle a autant de flair que de charme. Oh! nos caractères sont assez différents, mais il paraît que les oppositions font les bons ménages.

La jeune fille regarde Barsac, mais celui-ci n'a pas son air moqueur habituel; elle ne relève pas le propos et son regard se dirige vers le préfet, comme si elle attendait de lui qu'il mette fin à l'entretien.

— Je vous fais confiance, Inspecteur. Je voulais simplement vous dire que j'ai la plus grande estime pour Danielle Baurain. C'est une fille intelligente et courageuse dont je redoute seulement quelques imprudences. Vous avez déjà fait du bon travail avec elle; vous verrez, elle ne vous décevra pas.

« Ma parole, pense Barsac, il parle d'elle comme s'il était son père! »

— Monsieur le Préfet, je peux vous assurer que, personnellement, je ne lui ferai pas courir de risques inutiles et que, si elle était en quelconque danger...

— Monsieur Barsac, je vous en prie! Comme dirait Lecoq, le préfet n'est pas archiprêtre et nous ne sommes pas des enfants de chœur!

— Ne prenez pas la mouche, Danielle! intervient le préfet. La présence de ce Volowieck dans cette histoire ne me dit rien qui vaille. C'est pourquoi je vous recommande à tous les deux la plus grande prudence. Tout simplement. Vous comprenez ce que je veux dire? ajoute-t-il en fixant son regard sur celui de la jeune fille...

— Oui. Parfaitement! Mais n'attendez pas de moi la moindre faiblesse ou reculade... Moi aussi, je flaire une mauvaise affaire. Une affaire dans le genre de celle qui, l'année dernière, a coûté la vie à l'un de vos meilleurs fonctionnaires! Et, croyez-moi, si j'ai raison, je ne laisserai à personne le soin de la régler. Je vous jure qu'il n'y aura pas d'arrestation ni de jugement et que justice sera faite sans la moindre équivoque. Après, je vous remettrai ma démission...

Au cours de l'entretien, le ton de la jeune fille s'est progressivement élevé; les derniers mots sont prononcés avec une certaine violence et la colère se lit dans son regard. Surpris par cette manifestation d'agressivité dont l'origine lui échappe, Barsac se dirige vers la porte, sans rien dire, tandis que le préfet prend la jeune fille par le bras et lui dit à voix basse :

— Calmez-vous, Danielle. Qui vous savez n'approuverait pas vos paroles!

— Excusez-moi, monsieur le Préfet... Venez, monsieur Barsac, le commissaire Dumont doit nous attendre. Et, oubliez ce qui vient d'être dit ici!

« Facile à dire, pense Barsac en suivant la jeune fille. Bon sang! quel tempérament! J'ai l'impression qu'on va s'amuser, mais si jamais quelqu'un essaie de lui faire le moindre mal, j'en fais de la chair à saucisse et bouffe son foie avec un aïoli, comme dirait Cabriès. »


Barsac est encore sous le coup des paroles de la jeune fille, lorsque Dumont les fait entrer dans son bureau.

— Nous avons pu faire apparaître tout ce qui a été reproduit par le carbone. Cela représente la plus grande partie du message. Je pense qu'avec ce que vous savez, il va nous être possible de compléter ce qui manque.

— Ce sera déjà un bon résultat, dit Danielle... N'est-ce pas, monsieur Barsac?

Encore perdu dans ses pensées, celui-ci n'a pas entendu la question.

– Ho! Inspecteur, vous entendez? Le service du Chiffre a reproduit la totalité de ce qui est écrit sur le duplicata de l'ordonnance!

– Ah! très bien, dit Barsac, brusquement ramené à la réalité. Alors, qu'est-ce que cela donne?

– Eh bien! dit Dumont, nous allons essayer de le découvrir ensemble. Voici exactement ce qui a été reproduit par le carbone :

```
D I  X   voyag
D 2      86031830 K
) S     Helena – Hervé
nez sécurité départ Fium
```

« ... Comme le disait le patron, poursuit-il, il s'agit là d'un code simple, utilisant surtout des abréviations.

– Oui, dit Barsac, mais alors, ce qui est curieux, c'est qu'on ait écrit les deux prénoms en clair!

– Probablement parce que ces deux prénoms désignent des personnes ou des lieux bien définis qui ne sont identifiables que par le correspondant?

– Je veux bien, rétorque Barsac, toujours accroché à son idée, mais alors pourquoi, tandis qu'on a mis DI et D2, n'a-t-on pas simplifié Helena par LNA et Hervé par RV?

Le commissaire porte la main à son front, regarde de nouveau le texte, puis s'écrie :

– Bon sang! mais vous avez raison... et je crois bien que je viens de comprendre le sens du dernier mot du message... FIUM... L'aéroport de Rome, c'est Rome-Fiumicino! et LNA, c'est l'indicatif de la station radio de Larnaka à Chypre... Larnaka, dont nous savons parfaitement que c'est un des principaux points de passage et de rencontre d'agents de tous les pays. Notamment des Soviétiques...

– Mais alors, dit Danielle, RV désignerait Rodolphe Volowieck? Pierre Barsac, ajoute-t-elle, cette fois nous tenons le bon bout, j'en suis certaine!

– J'en ai bien l'impression moi aussi. Alors, Commissaire, que pouvons-nous tirer maintenant du reste du message? Je crois que cela est urgent si nous voulons encore avoir une chance de retrouver notre fantôme Marik-Volowieck!

– Eh bien! dit Dumont, je pense que la troisième ligne du message peut se traduire par : « SOS LNA et RV. » C'est-à-dire : « Alertez de toute urgence Larnaka et Volowieck. »

– Donc, conclut Danielle Baurain, ce n'est pas Volowieck qui a écrit ce message et ce n'est donc pas lui qui est venu chercher le tableau dans l'appartement de Piritz dans la nuit de mercredi à jeudi dernier! Qu'en pensez-vous, inspecteur?

— C'est l'évidence même. Et c'est pour cela que Piritz n'avait pas de clés sur lui. Mais alors, qui est venu rue du Temple cette nuit-là?

— Probablement celui qui est venu chercher Piritz et Volowieck à la brasserie Victor, mercredi soir vers 23 heures! Cela confirme ce que je pensais depuis hier, c'est que nous avons affaire à une équipe parfaitement organisée; mais ce que je ne comprends pas, c'est qu'on ait eu l'imprudence de mettre dans le coup un gars comme Piritz!

— Pourquoi pas? réplique Barsac. Normalement, tout aurait dû bien se passer. Le procédé était extrêmement simple. Piritz, ignorant tout du trafic, livrait, comme prévu, le costume au client rue Keppler et, pour rendre service à son copain, y joignait le tableau. Le tour était joué sans le moindre risque. Seulement voilà! Piritz n'était pas aussi simplet que le pensait son copain, et surtout trop honnête pour tremper dans une affaire douteuse.

— Le grain de sable, quoi! dit Danielle.

— Oui, et même un drôle de caillou dans l'engrenage. Bon! En savons-nous assez pour traduire le reste de ce rébus?

— Oui! Facile pour la dernière ligne qu'on peut traduire par : « Assurez sécurité, départ aéroport de Rome-Fiumicino », donc déplacement par avion! Mais, alors... attendez une minute...

Prenant le téléphone, il compose un numéro, et un petit sourire éclaire son regard :

– Allô... Air France?... Bonjour, Madame. Voulez-vous être assez aimable pour m'indiquer l'horaire du prochain vol Paris-Rome... Oui, j'attends – Nous allons peut-être profiter d'une grossière erreur de l'auteur du message, dit-il en aparté –, ... Oui, j'écoute... Vous dites bien vol 86 Paris-Athènes via Rome-Fiumicino, demain à 18 h 30!... Pour la réservation? Il ne reste seulement que deux places? Eh bien, réservez-moi une place pour M. Barsac... journaliste... d'accord? Je vous remercie, Madame. Au revoir, Madame.

Joyeux comme un gamin qui vient de jouer un bon tour à son copain, il repose le combiné et se frotte les mains en criant : « Hourra! » et scande un : « On a gagné! » à faire pâlir de jalousie un défilé de manifestants un jour de grève!

– Nous avons la deuxième ligne du message : « D2 par vol 86 le 03 à 18 h 30 K »; c'est-à-dire : « Envoi D2, le 3 mai par le vol 86 Paris-Rome-Athènes. Confirmé. »; K étant, vous le savez, le signal morse qui signifie : accord.

– Alors, dit Barsac, D2 est un document, et D1 également.

– Exactement, dit le commissaire, et le signe « X » de la première ligne signifie le contraire de « K », c'est-à-dire : « annulation ». Nous avons donc maintenant la totalité du message :

> « Document N° 1 voyage annulé
> Document N° 2 envoi par vol 86
> le 03 à 18 h 30 maintenu
> Prévenez de toute urgence
> Larnaka et Rolph Volowieck
> Assurez sécurité du transit au départ
> de Rome-Fiumicino. »

Cette dernière phrase semblant indiquer que le messager doit remettre le document à un correspondant à l'aéroport de Rome. Peut-être pour être acheminé d'une autre façon sur Larnaka? Là, il devient difficile de faire des hypothèses...

On frappe. Un jeune homme entre et dit :

— Commissaire, on n'a rien trouvé sur la toile du tableau, mais dans le cadre, que nous avons entièrement dépecé, nous avons découvert que deux fentes ont été aménagées : l'une était vide, l'autre contenait deux morceaux de film comportant 12 clichés 13 × 17. Six sont des vues de divers paysages et les six autres, les pages d'un texte manuscrit. Ce texte est en clair, mais il faut agrandir fortement le film pour le lire.

— Eh bien! voilà le D1, dit l'inspecteur Baurain. La case était préparée pour recevoir le D2, c'est-à-dire la deuxième partie du document complet, mais le grain de sable a détraqué le mécanisme et il a fallu improviser. Il est clair que le D2 doit partir demain 3 mai à 18 h 30 par le vol 86 d'Air France.

– Combien de temps pour les agrandissements? demande le commissaire.

– Les premiers clichés doivent être tirés; nous avons fait porter le premier au préfet; le tout sera exploitable dans quelques minutes. Nous avons voulu vous prévenir sans attendre la totalité du tirage.

– Vous avez bien fait. Merci! Retournez au service et faites également porter les autres tirages directement au préfet, dès que possible... Allons voir le patron, ajoute-t-il. Il va falloir prendre des mesures particulières et il n'y a pas une minute à perdre.

– Je viens d'être avisé de la découverte des clichés, dit le préfet Bouvier. Beau travail de camouflage, poursuit-il, impossible à détecter sans désosser complètement le tableau. Aucun contrôle ne peut être efficace dans un cas semblable. Ce tableau, par ailleurs sans aucune valeur, pouvait passer sans encombre à travers tous les contrôles douaniers de la terre! Voici l'agrandissement de la première page. Le texte est rédigé en clair et concerne des essais sur du matériel aéronautique. Mais la rédaction en est extrêmement curieuse. Il ne s'agit pas de la copie d'un original... On a l'impression que ce texte a été dicté, à distance peut-être, en tout cas dans de mauvaises conditions et très rapidement. Il manque certains mots, il y a de nombreuses fautes d'orthographe que ne ferait pas un élève de 6e... D'autre part, des termes techniques sont littéralement massacrés!

On apporte deux autres pages.

– Nous avons pu améliorer le tirage, monsieur le Préfet. Voilà ce que cela donne. Vous aurez le reste dans quelques minutes.

– Merci. Apportez-moi les autres clichés dès que possible. Cela confirme bien qu'il s'agit d'un document sur les essais aéronautiques », dit le préfet. Puis, s'adressant à Barsac : « Ce que vous avez permis de découvrir tous les deux est très grave et je me félicite d'avoir détaché l'inspecteur Baurain à la P.J., car grâce au contact direct avec nos services, il nous reste une petite chance de récupérer la totalité du document.

« Allô, appelle-t-il par l'interphone...

– Monsieur le Préfet? répond l'opérateur.

– Ecoutez bien, c'est très important. Appelez-moi le général, directeur du C.E.R.A. à Villacoublay, en urgence 0 et sur la ligne directe. Deuxièmement, faites prévenir l'équipage de l'hélico. Paré à décoller dans 15 minutes. Enfin, alertez le service de sécurité. Dispositif en place, immédiatement. Terminé.

– Bien compris, monsieur le Préfet!

Barsac est en train de penser : « Au moins, ici, ça ne traîne pas! Avec des moyens pareils et une telle détermination, on doit faire du bon travail, au fond ça doit être agréable de travailler avec ces gens-là... Oui, mais moi je penserais toujours à Mallaud, à Lecoq et aux autres... et puis, on ne m'a rien demandé... n'est-ce pas? »

– Voyez-vous, dit le préfet, ce document concerne certainement un rapport sur des travaux de recherches aéronautiques. Je pense que le directeur du Centre d'Etudes et de Recherches Aéronautiques va pouvoir nous recevoir; mais je vous préviens, l'entretien risque d'être orageux. Tel que je connais, le général Simon, qui dirige le Centre, va être furieux devant une telle fuite. Il faut dire qu'il y a de quoi. Déjà, en 83...

La sonnerie du téléphone lui coupe la parole. La conversation est brève. De part et d'autre, on se borne à l'essentiel...

– Bien, mon Général! Je prends l'hélico avec deux de mes collaborateurs. Vers vous dans une demi-heure. Mes respects, mon Général.

« Allons-y », dit-il en entraînant les deux jeunes gens vers la sortie, non sans avoir, au passage dans le bureau de son adjoint, donné quelques instructions :

– Beauvais, assurez-vous que tout le dispositif de sécurité est en place. Prévenez le cabinet du ministre que nous sommes à Villacoublay et que, vraisemblablement, il va falloir envisager des mesures particulières et de gros moyens. Appelez-moi à Villacoublay, mais seulement en cas d'urgence.

Dans l'ascenseur qui les emporte vers la terrasse où l'hélicoptère les attend déjà, rotor en marche, c'est le mutisme. Chacun essaie de raccorder les morceaux de cette affaire, qui au départ ne semblait relever que d'un fait divers commun comme, hélas, on en voit trop souvent de nos jours.

Barsac pense au malheureux Piritz, imprudent au point de ne pas tout dire tout de suite à son patron! Mais comment aurait-il pu imaginer qu'une affaire aussi banale pouvait avoir des conséquences aussi dramatiques?

Le préfet ne cesse de regarder les deux feuillets en essayant de comprendre le sens d'un texte rédigé dans un style déplorable avec des termes techniques réduits à une notation purement phonétique!

– Pas possible que ce texte provienne du C.E.R.A.! murmure-t-il.

Danielle Baurain ne dit rien, mais ses traits sont crispés et ses yeux brillent encore de colère.

Arrivés sur la terrasse, le souffle coupé par le déplacement d'air du rotor, ils se courbent pour atteindre l'appareil.

– Allez-y, Danielle, les dames d'abord... À

vous, Barsac, dit-il en poussant Pierre avant de sauter lui-même dans la carlingue.

L'appareil décolle aussitôt.

— Avez-vous déjà utilisé ce moyen de transport ? demande le préfet à Barsac.

— Oui. J'ai même sauté en parachute à Mont-de-Marsan pendant mon service militaire.

— Très bien! Nous n'aurons pas besoin de sauter aujourd'hui, mais je connais quelqu'un qui va faire un drôle de saut lorsqu'il verra ces papiers. Oh! une recommandation : pas un mot, laissez passer l'orage. Il faut le comprendre, le patron du C.E.R.A., il n'a pas envie de voir se renouveler la fuite de 83. Une fuite qui a coûté la vie à un de ses meilleurs spécialistes, et ce, bien inutilement, car le document dérobé était volontairement faux. La vie d'un homme pour un document sans aucune valeur! Quel malheureux concours de circonstances.

— Aujourd'hui, nous sommes probablement en présence d'un problème du même genre, dit Barsac. Encore un coup malheureux, quoi! Et qui a déjà coûté la vie à deux personnes qui n'avaient certainement rien à voir dans cette affaire. Une chance d'avoir eu l'inspecteur Baurain avec nous, car sans la rapidité des renseignements donnés par la D.S.T., nous pataugerions encore... Mais vous parliez de 1983, monsieur le Préfet, cela me rappelle quelque chose...

— Oui, en 1983, il y a déjà eu au C.E.R.A. une

tentative de vol d'un document secret, mais l'agent soviétique s'est fait posséder avec un faux document qui avait été spécialement conçu à cet effet. D'après un de nos correspondants, il y a eu des étincelles à Moscou, car cela a fait découvrir à Paris un immense trafic de documents industriels concernant surtout le secteur aéronautique et les chars... Rappelez-vous, le 5 avril 1983, quarante-sept diplomates soviétiques en poste à Paris ont été expulsés.

– Ça n'a pas l'air d'avoir eu un grand effet dissuasif! dit Barsac.

– Oh! personne n'a jamais pensé que cela suffirait pour empêcher la fuite de nombreux dossiers industriels; tout au plus à stopper provisoirement l'hémorragie. Mais tout cela n'est pas nouveau; déjà, en 1979, une étude émanant de la Commission pour le développement de l'industrie soviétique (V.P.K.) révélait que le ministre soviétique de l'Industrie aéronautique avait pu étudier 166 échantillons et 3 896 documents techniques envoyés de divers pays par les agents du K.G.B. et du G.R.U., le Renseignement soviétique. Les Soviétiques auraient donc ainsi économisé près de deux millions de dollars de recherches, en utilisant des dossiers entiers, volés un peu partout et concernant les turboréacteurs, les obus téléguidés, les missiles et les chars... Et ce n'est pas l'expulsion de 47 diplomates qui peut arrêter cet espionnage industriel particulièrement efficace et redoutable... C'est plusieurs milliers de personnes qu'il faudrait expulser de notre territoire, mais ce sont des gens qui travaillent dans l'ombre, à l'abri dans une activité ou une fonction bien en vue, industrielle, commerciale ou diplomatique! Des hommes insoupçonnables... Certains n'ont même jamais mis les pieds en Union soviétique, d'autres sont inemployés pendant des années, tenus en réserve pour une opération déterminée. Volowieck est probablement l'un de ces agents; mais, aujourd'hui, il est déjà probablement à l'abri... ou tout simplement supprimé, si sa mission n'a pas abouti, car il risque de compromettre d'autres personnes.

— Vous pensez que Volowieck peut être un agent soviétique? demande Barsac.

— Oui. C'est très possible, car nous savons que des agents sont spécialement chargés d'infiltrer les milieux polonais hostiles au gouvernement Jaruzelski. Ce milieu, dont précisément Yan Piritz faisait partie. Notre dernière chance est d'empêcher le départ de la deuxième partie du document, ajoute-t-il au moment où l'appareil s'immobilise sur la terrasse du bâtiment du Centre de Recherches.

— Bien petite chance, dit l'inspecteur Baurain en se préparant à quitter la carlingue. Mais, ajoute-t-elle avant de descendre, si demain soir nous sommes contraints de laisser partir l'avion sans avoir identifié le porteur du

message, moi je pars avec lui et je le coffre à l'arrivée ou je sauterai avec lui.
— Voilà bien le genre de choses que je redoute! glisse le préfet à l'oreille de Barsac.
La jeune fille est déjà au sol et se dirige vers l'officier venu accueillir les visiteurs. Barsac qui vient de descendre derrière le préfet, essaie de le rassurer :
— Soyez tranquille, monsieur le Préfet, j'ouvrirai l'œil et... si elle est dans l'avion, j'y serai moi aussi!
— Et vous croyez que cela est de nature à me rassurer, dit d'un air résigné le patron de la D.S.T... » Puis, levant les yeux au ciel, il murmure, pour lui seul : « Deux phénomènes comme ces deux-là dans une même équipe, cela fait tout de même beaucoup... »

## CHAPITRE 11

Le préfet Bouvier s'attendait bien à un éclat de la part du patron du C.E.R.A., mais il n'avait pas imaginé la fureur du général en découvrant le contenu des deux feuillets découverts dans le tableau.
– Vous vous rendez compte qu'il s'agit de la dernière étude visant à réduire les effets des ondes de choc sur les ailes des appareils supersoniques? Les premiers essais doivent être effectués le mois prochain en soufflerie à Toulouse et les essais en vol dans six mois; si tout va bien, nous lancerons la fabrication du prototype dans un an et nous aurons dix ans d'avance sur toutes les recherches mondiales actuelles! Si vous ne récupérez pas ce document, c'est une catastrophe, vous comprenez?

Le préfet laisse s'écouler quelques instants avant de poser une question. Assis à son bureau, le général déchiffre laborieusement le texte mal écrit puis murmure :

— Ce n'est pas possible! » Elevant la voix, il répète : « Ce n'est pas possible! Personne, dit-il en appuyant fortement sur le terme, personne d'autre que l'auteur de l'étude et moi-même n'a pu avoir accès à ce document... Seul, l'ingénieur en chef Raymond qui l'a rédigé et moi avons accès à ce coffre... Ce bureau est une véritable forteresse! Personne ne peut y pénétrer sans mon accord. Alors, voyez-vous une explication à ce mystère, monsieur le Préfet?

— Hélas non, Général, et c'est bien ce que nous voudrions essayer de comprendre. Mais... une question importante : la deuxième partie de ce document est-elle exploitable sans la première?

— Hélas oui, car elle contient les principaux renseignements. Des scientifiques n'auront aucune peine pour rétablir la totalité du document de base à l'aide de cette seule deuxième partie.

— Mais alors, Général, qui peut avoir accès à ce document, où, quand et comment? Pour autant, bien entendu, que ces pages soient bien une reproduction de l'original enfermé dans votre coffre?

— Aucun doute sur la nature de ces feuillets, le texte est incontestablement extrait de notre étude. Asseyez-vous tous les trois, dit-il avec encore une certaine brusquerie, mais sa voix traduit désormais plus d'amertume que de colère.

« Comment avez-vous découvert cette affaire ?

– Personnellement, Général, je n'y suis pas pour grand-chose ! J'ai simplement exécuté les ordres du ministre qui me prescrivent de détacher certains de nos agents auprès des différents services de police et de gendarmerie pour assurer une meilleure coordination, particulièrement dans la rapidité d'exploitation des informations recueillies sur le terrain. Cette mesure a été prise dans le cadre de la lutte antiterroriste, mais j'ai l'impression qu'elle vient d'atteindre un objectif non prévu au départ ! Jusqu'ici, sur dix agents détachés, un seul avait réussi à marquer quelques points avec la brigade de gendarmerie de Créteil, en identifiant immédiatement deux individus fichés dans nos services. Si bien qu'un banal contrôle de police s'est transformé en arrestation des deux individus recherchés par toutes les polices et surtout par la D.G.S.E. Dans l'affaire actuelle, c'est une véritable chance que l'inspecteur ait été mêlé dès le début, car elle a permis l'identification très rapide de Volowieck.

Puis, le directeur de la D.S.T. retrace ce qui s'est passé depuis le meurtre du tailleur David Baumann et conclut :

– Voilà où nous en sommes, Général. Les

inspecteurs Baurain et Barsac sont à votre disposition pour essayer de savoir comment ce document a pu être transmis à l'extérieur de votre Centre. Je réponds de leur discrétion.

– Leur discrétion, bougonne le général, et vous croyez que je vais raconter cette histoire à tout le monde ici, sous prétexte de faire une enquête? Et pourquoi une enquête? Puisque vous savez que la deuxième partie du document doit prendre l'avion de 18 h 30 demain soir; il vous suffit de l'empêcher de partir!

– Empêcher l'avion de partir ne nous ferait pas découvrir le messager, Général. C'est pour cela que je vous demande instamment de permettre à mes deux collaborateurs d'essayer de savoir qui en sera porteur à Orly. Cela peut nous permettre d'identifier le messager et ses complices. Sans cela, nous n'avons aucune chance de récupérer un document aussi facilement dissimulable. Car, même en fouillant les passagers un à un, ce qui ne ferait qu'alerter le porteur du message, nous n'avons aucune chance de le découvrir. Aucun contrôle, aussi sophistiqué soit-il, ne parviendra à détecter six négatifs de $13 \times 17$. Il faudrait découdre tous les vêtements... et encore!

– Et ce Volowieck », dit le général, qui, manifestement, cherche encore s'il n'existe pas un moyen pour éviter une intrusion de la police dans son domaine, « ce Volowieck ne s'est tout de même pas transformé en ectoplasme?

Vous ne pouvez pas lui mettre la main au collet, sans le crier sur tous les toits?

— L'ennui, Général, c'est que Volowieck est certainement hors de notre portée et que, de toute façon, il n'a certainement pas été prévu pour transporter le message. Trop facilement identifiable, surtout à un départ d'Orly.

Le général réfléchit un instant, les yeux fixés sur les deux feuillets comme s'il espérait encore y découvrir le secret de leur fuite...

— Je pense que je ne peux vous interdire de faire votre enquête, car je serais désavoué par le ministre. Je vous demande une chose, dans l'immédiat, personne ne doit savoir que ce document a été volé : ni l'ingénieur en chef Raymond qui l'a établi, ni sa secrétaire Michèle Jolivet qui l'a tapé... Alors comment comptez-vous procéder?

— Je vais laisser l'initiative de l'opération à mes deux collaborateurs. Pour aujourd'hui, je pense qu'ils vont devoir déblayer le terrain avec les informations que vous pourrez leur donner. Demain, ils reviendront avec un objectif précis, en fonction de ce que vous leur aurez appris.

— Et si leur enquête ne donne rien? demande le général.

— Eh bien! si demain soir nous n'avons pas découvert comment et par qui ce vol a été commis, nous étudierons le moyen d'empêcher le porteur du pli de prendre le départ. A la limite, on demandera à Air France de retarder le vol. Je ne sais pas, on improvisera sur place, en fonction des circonstances; mais soyez assuré que tout sera mis en œuvre pour que ce document ne quitte pas la France.

Le général hoche la tête, pas convaincu semble-t-il.

— Et vos deux fonctionnaires, demande-t-il, ils sont censés faire quoi ici?

— Ah oui! J'ai oublié de vous le préciser, les inspecteurs Baurain et Barsac sont des spécialistes des services de sécurité de l'armée de l'air...

Devant l'air ahuri du général, les jeunes gens sont obligés de faire un effort considérable pour ne pas éclater de rire.

— Ah! dit le général, après une courte hésitation. Mais, croyez-vous qu'ils pourront faire quelque chose d'utile en ne connaissant rien de nos moyens techniques? Vous les voyez avec un spécialiste de nos services, devant un terminal d'ordinateur ou une console de contrôle?

— Ils sont spécialistes des transmissions, Général.

— Tous les deux?

— Tous les deux, en effet...

— Et, pour les systèmes de sécurité?

— Ils ont toute la nuit pour en connaître suffisamment afin de mener à bien leur enquête.

— Décidément, vous avez réponse à tout,

et j'aurais mauvaise grâce à refuser un tel concours. C'est bon; j'accorde une demi-heure à vos protégés, ensuite je vais chez le ministre. Si je n'en reviens pas commandeur, je veux bien qu'on me coupe...

— Général! dit le préfet Bouvier, d'un air offusqué...

— Oui, vous avez raison. Ma tête peut encore servir », dit le patron du C.E.R.A. en accompagnant le préfet jusqu'à la porte qu'il verrouille aussitôt derrière lui. Puis, revenant vers son bureau, il s'installe dans son fauteuil à haut dossier et lance : « Alors, jeunes gens, à nous maintenant. Que voulez-vous savoir? » demande-t-il d'une voix nettement plus calme qu'au début de l'entretien.

Barsac adresse un signe discret à sa collègue. Il lui paraît plus diplomatique de laisser parler d'abord la jeune fille. Celle-ci a compris, mais, prise de court, elle hésite un instant avant de se jeter à l'eau.

— Général, à partir de la certitude que le document n'a été ni copié ni photographié ici, nous voudrions savoir quand et dans quelles conditions il a été rédigé?

— Ce document a été rédigé il y a un mois par l'ingénieur en chef Raymond, à l'aide de nombreuses études effectuées par nos spécialistes. Sa secrétaire Michèle Jolivet en a achevé la frappe, il y a une dizaine de jours. Ce travail a été réalisé en deux temps, pour permettre l'exécution de tous les plans. Le dossier complet m'a été remis le 18 avril et dactylographié dans le bureau.

— Mon Général, demande Barsac, ce texte a-t-il été, au cours de sa rédaction, lu à haute voix?

— Je vois ce que vous voulez dire, jeune homme; s'il avait été dicté, il aurait pu être capté par un microphone relié à l'extérieur. Mais, outre que l'installation d'un micro est impossible, ce texte a été dactylographié à partir de l'étude rédigée par M. Raymond, et chaque feuille a été brûlée aussitôt. Le texte dactylographié étant enfermé dans ce coffre, dont seuls M. Raymond et moi détenons le code.

— Général, reprend Danielle, la lecture des documents découverts dans le tableau permet d'affirmer que le texte n'a pas été copié, mais enregistré sous la dictée. Alors une question qui peut paraître stupide : existe-t-il une possibilité pour que ce texte ait pu être transmis par téléphone?

— Vous plaisantez, Mademoiselle. Non, c'est impossible. Les seules personnes qui auraient pu le faire sont M. Raymond, sa secrétaire et moi-même... D'autre part, vous imaginez la durée d'une telle communication? Et, enfin, je suis le seul à disposer d'une ligne directe; toutes les communications passent et sont contrôlées par le standard. Une telle transmission par téléphone aurait nécessité de nombreuses communications et le service de sécurité que vous êtes censés inspecter aurait aussitôt été alerté... Non, c'est impossible!

— Et pourtant, mon Général, le document est bien sorti d'ici, en totalité ou en morceaux! dit Barsac.

— Ne croyez-vous pas qu'au lieu de perdre votre temps à chercher comment il a pu sortir d'ici, il ne serait pas préférable de chercher le moyen de l'empêcher de filer à l'étranger?

— Les deux choses sont intimement liées, mon Général, et nous sommes persuadés que, pour le moment, la clé du problème est ici et nulle part ailleurs. Car, si nous ne découvrons pas comment le document est sorti, le fait se reproduira inévitablement... Excusez-moi d'insister, mon Général, mais dans le bureau de M. Raymond et de la secrétaire, il doit exister un certain nombre d'appareils plus ou moins électroniques, machine à écrire, photocopieur, etc. Qui met en place et entretient ces appareils?

— Pour l'entretien courant, nous avons nos techniciens. Pour les installations nouvelles et certains travaux, nous faisons appel à la S.P.E., la Société Parisienne d'Electronique. Mais toutes leurs interventions sont effectuées en présence de nos techniciens; rien à tirer de ce côté-là non plus. D'autres questions? demande-t-il un peu excédé.

— Une dernière, mon Général. Qui est chargé du nettoyage du bureau de M. Raymond?

— Mais voyons! dit le général avec ironie. Comment n'y ai-je pas pensé plus tôt? La femme de ménage, bien sûr... La poubelle, dans laquelle on a jeté... quoi, au fait? Mais, on n'a rien jeté du tout dans la corbeille à papiers; je vous ai déjà dit que tous les brouillons ont été brûlés sur place, et le document enfermé dans ce coffre.

Le ton n'est plus seulement agacé, mais hargneux, et les policiers jugent plus prudent d'en rester là pour le moment.

— Veuillez nous excuser, Général, dit Danielle, notre travail n'est pas facile, surtout dans cette affaire. Nous allons y réfléchir et demain, si nous sommes obligés de revenir, nous le ferons avec la plus grande discrétion. Nous vous demandons la permission de nous retirer...

— C'est bon, dit le patron du C.E.R.A. un peu calmé. Allez et faites votre travail dont je reconnais volontiers qu'il n'est pas facile; je vous aiderai à découvrir la vérité, mais je vous conseille... monsieur...?

— Barsac, mon Général...

— Oui, monsieur Barsac; je vous conseille de ne pas vous laisser influencer par les auteurs de romans d'espionnage...

Il y a tout à coup une odeur de moutarde dans l'air; Danielle porte la main à son front, pressentant la réplique si Barsac prend la mouche...

— Mon Général, il ne s'agissait pas de roman, lorsque, en 1983, le colonel de Vigneules a été abattu rue de Brienne, et cela pour un document faux...

Barsac a nettement élevé le ton. Surpris, le général reste silencieux quelques instants avant de demander presque à voix basse :

— Comment savez-vous cela, Inspecteur? Et, que voulez-vous insinuer?

— Je n'insinue rien, mon Général. J'affirme : car c'est moi qui ai mené l'enquête rue de Brienne en 1983. Cela a failli me coûter cher... et je puis vous assurer que ce n'était pas du roman, mon Général!

— Excusez-moi, je ne voulais pas vous offenser. Je suis certain que si le directeur de la S.T. vous a désignés tous les deux pour vous occuper de cette affaire, c'est qu'il vous fait confiance. Alors, j'en ferai autant.

Le général accompagne les policiers jusqu'à la porte et, en leur serrant la main, ajoute simplement :

— Il faut absolument empêcher la fuite de ce document, les enfants...

— J'ai bon espoir d'y parvenir, mon Général, conclut Barsac.

Dès leur sortie, Barsac et sa collègue sont pris en charge par l'officier désigné pour les escorter jusqu'à la voiture qui doit les ramener à Paris.

– Aucun espoir de pouvoir jeter un coup d'œil ou de s'attarder sur les lieux, murmure Barsac à l'oreille de Danielle; le patron du C.E.R.A. a dû donner des ordres pour éviter tout contact avec le personnel du Centre, du moins pour ce soir... Du reste, les bureaux sont vides, le travail cesse à 18 heures, et demain, ils seront vides également.

Barsac enregistre tout de même l'essentiel de la configuration des lieux. Le bureau du général communique avec celui de l'ingénieur en chef, tous les deux ne sont accessibles qu'en passant par une sorte de salle d'attente où se tient en permanence un officier de service. Puis un long couloir équipé de caméras sur lequel ouvrent de nombreux bureaux actuellement livrés aux équipes de nettoyage. S'arrêtant devant la porte entrouverte d'un des bureaux, l'inspecteur Baurain demande :

– On peut jeter un coup d'œil, Lieutenant?

– Vous comprenez, j'ai des ordres, répond l'officier, gêné.

– Nous savons, coupe Barsac en se penchant au-delà du seuil, mais nous admirons le beau matériel et puis nous sommes ici pour des questions de sécurité, n'est-ce pas? A cette heure-ci, je suppose que les systèmes d'alarme ne sont pas encore branchés?

– Non, bien sûr! Mais je vous en prie...

– Vous avez vu ce matériel? lance Barsac sans tenir compte de l'invitation de l'officier à le suivre. Regardez ces appareils avec leurs petits écrans télé... Quel équipement! Il y en a pour une fortune... Et cette machine à écrire électronique, ajoute-t-il en soulevant la housse de plastique...

– Oui, une Olympia Compact 2000. Tout y est automatisé... J'ai vu la même à la D.S.T.

– Il faut que j'en parle au patron, reprend Barsac en quittant la pièce. Voilà un engin qui conviendrait parfaitement à notre secrétaire!

– Cela lui ferait certainement plaisir, réplique la jeune femme, mais je doute que le commissaire Legros soit disposé à lui faire un tel cadeau!

– Décidément, conclut Barsac, vous ne croyez même pas au Père Noël!


Les deux visiteurs parviennent à la voiture lorsque Barsac aperçoit la cabine téléphonique.

– Vous permettez, Lieutenant? dit-il à l'officier qui les accompagne. Je passe un coup de fil au Quai des Orfèvres, pour savoir si notre patron est encore à son bureau; sinon inutile de retourner à la boîte ce soir, n'est-ce pas, mademoiselle Baurain ?

– Vous pouvez toujours essayer, dit l'officier du C.E.R.A., mais je doute que vous obteniez votre communication, cette cabine est toujours en panne. Même les P.T.T. ne veulent plus la réparer. Ils disent que ce matériel est trop vieux et le budget ne permet pas des dépenses inutiles. Le patron dit que les gens n'ont pas besoin de téléphoner d'ici, qu'ils peuvent le faire avant ou après le travail !

– Toujours les gros sous, quoi ! » note Barsac en pénétrant dans la cage de verre. Mais il en ressort très rapidement en grognant : « Non seulement elle ne marche pas mais c'est une machine voleuse : j'ai mis trois pièces, elle ne m'en a pas rendu une seule ! C'est de l'escroquerie ! »

L'officier et Danielle éclatent de rire devant sa mine déconfite.

– Bah ! pour trois francs ! dit Danielle. Venez, nous ferons une collecte pour vous dédommager de cet important préjudice financier.

Barsac lui répond par une grimace. Puis la voiture démarre aussitôt.

Au poste de contrôle de sortie du Centre, un officier fait signe au chauffeur de s'arrêter.

– Inspecteur Barsac? demande-t-il en ouvrant la portière.
– Oui, mon Capitaine, et voici l'inspecteur Baurain.
– Nous venons de recevoir un appel du commissaire Legros; il vous demande de le rejoindre le plus rapidement possible à son bureau et vous fait dire qu'il y a du nouveau dans l'affaire en cours.
– Merci, mon Capitaine. Dommage que vous n'ayez pas un hélicoptère à mettre à notre disposition, car à cette heure-ci, avec la circulation, nous ne sommes pas encore rendus!
– Mettez la sirène et bonne route, lance le capitaine avec un petit sourire moqueur... et, tâchez de ne pas attraper un P.-V.!
Le chauffeur a démarré sans plus attendre.
– Combien de temps pour le Quai? demande Barsac.
– Dans un quart d'heure, je vous parachute porte de Saint-Cloud. Après, si vous êtes pressés, vous aurez intérêt à prendre le métro.
– Vous êtes pressée, vous? demande Barsac à la jeune fille. Moi, je prendrais bien le temps de descendre un pichet avant d'aller vers de nouvelles aventures. Je me demande ce que le patron a encore inventé pour nous expédier à l'autre bout de Paris sans dîner...
– Ne soyez pas injuste, monsieur Barsac. Si le commissaire Legros nous demande de ren-

trer rapidement, il doit avoir une bonne raison...

— Oh! pour lui, les raisons sont toujours bonnes!

— Vous arrive-t-il parfois de prendre les choses par leur bon côté, Inspecteur?

— Oui, grogne Barsac. Oui, mais seulement lorsqu'elles en ont un.

Danielle cesse de discuter, laisse reposer sa nuque sur le dossier et ferme les yeux. Pierre la regarde longuement. « Au fond je suis très égoïste, pense-t-il. Cette petite a besoin d'un peu de compréhension et je la bouscule sans arrêt. » Puis, contemplant le joli visage encadré de boucles brunes, il se demande à quoi elle peut rêver. « Dire que dès que ça ferme les yeux, ça vous paraît angélique au point de vous faire oublier que ça peut vous envoyer valser par une prise de judo... et à plusieurs mètres encore! Ma parole, je deviens sentimental... » Puis, à son tour, il ferme les yeux et essaie de chasser de son esprit toutes ses préoccupations... Mais allez donc effacer d'un seul coup de baguette magique le tailleur de la rue du Temple, les Piritz, Marik, Volowieck... sans parler de ceux qui ne vont pas manquer de se manifester dans les prochaines heures!

Le chauffeur a nettement exagéré la durée du trajet. Il ne lui a fallu que six à sept minutes pour avaler, à 140, les 12 kilomètres d'autoroute.

- Porte de Saint-Cloud! clame-t-il. Tout le monde descend, ajoute-t-il en arrêtant son véhicule devant la station de métro... Moi, j'ai fini ma journée... Et, bonne soirée, m'sieur dame!

## CHAPITRE 12

Au Quai des Orfèvres, le commissaire Legros arpente son bureau de long en large.
— Alors, Patron, toujours sur la brèche? lance Barsac dès son entrée, suivi de Danielle Baurain... Pour nous, cela commence à bien faire, n'est-ce pas? ajoute-t-il en la prenant à témoin. Non seulement ce ne sont plus des journées de travail qu'on nous demande, mais maintenant le patron de mademoiselle nous invite à travailler toute la nuit pour démarrer notre enquête au C.E.R.A. demain matin!
— Asseyez-vous, calmez-vous, dit le commissaire sans prêter plus d'attention aux propos de son subordonné. Je pense que nous avons tous besoin de repos, après ces deux dernières journées particulièrement chargées... Si je vous ai fait demander de revenir ici ce soir, c'est que nous avons du nouveau! Pour ce qui me concerne, je serai très bref, mais le préfet Bou-

vier vient de m'appeler de la place Beauvau. Il arrivera dans quelques minutes et, d'après ce que j'ai compris, il a des informations très importantes à vous communiquer. Avant que vous fassiez quoi que ce soit, a-t-il précisé.

— Ma chère, dit Barsac, vous allez pouvoir vous rendre compte de ce que représente la vie d'un policier à la P.J. Vous en avez eu déjà un petit aperçu aujourd'hui; ce midi, pas de déjeuner, pas le temps de prendre un malheureux pot de l'après-midi et, ce soir probablement, le dîner remplacé par un discours de votre grand Sachem...

— Ne soyez pas si amer, monsieur Barsac! Je vous l'ai dit, vous ne savez pas prendre les choses par le bon bout...

— Si seulement elles en avaient un de temps en temps... Nous vous écoutons, Patron.

— Tenez, lisez cette lettre! Elle m'a été apportée par M<sup>e</sup> Libner, notaire et ami de David Baumann; il l'a trouvée ce midi dans son courrier.

Danielle a pris la lettre et la lit à haute voix :

*Jeudi 1<sup>er</sup> mai*

« *Mon cher ami,*
*Je crains que mon ouvrier Yan Piritz, que vous connaissez bien, se soit mis dans un mauvais cas. Je suis inquiet à son sujet, car il n'est pas rentré*

*cette nuit et cela n'est jamais arrivé sans qu'il me prévienne.*

*Je n'ai aucune raison pour alerter la police, mais j'ai demandé à notre ami Yacoub Mella de venir me voir. Il doit passer en fin de matinée. Mais pour le cas où Yan serait en difficulté, je pense que vous seriez plus qualifié pour nous conseiller. Voici ce dont il s'agit.*

*Il y a environ deux ans, Yan a fait la connaissance d'un compatriote, Rolph Marik, qui travaille aux usines Renault. Ils se voient régulièrement, notamment aux réunions d'une association d'opposants au régime polonais actuel et ils dînent souvent ensemble à* La Taverne des Templiers.

*La semaine dernière, Marik a apporté à Yan un tableau et lui a demandé de le garder pendant quelques jours en précisant que ce tableau avait une grande valeur et qu'il pensait en tirer un bon prix auprès d'un riche collectionneur. Il lui a expliqué que cette tractation devait se faire secrètement pour éviter des frais divers et des impôts.*

*C'est seulement mardi soir que Marik lui a dit : « Je vais te demander un dernier service. Demain soir, tu mets le tableau dans le carton avec le costume que tu dois porter rue Keppler. Tu livres le colis au client qui vérifie le contenu et te remet une enveloppe. Je t'attendrai à l'angle de la rue de Bassano, dans la voiture d'un ami. Je te donne ta prime et pars aussitôt avec lui en province où j'ai trouvé un emploi; je t'écrirai. »*

*Yan qui, jusque-là, n'avait pas mis en doute l'honnêteté de cette affaire, s'est soudain demandé si ce tableau n'avait pas été volé et si son ami n'était pas tout simplement un intermédiaire qui se déchargeait sur lui de la responsabilité de la livraison.*

*Yan m'a parlé de cela hier matin. Il ne voulait pas accuser son ami sans preuves et nous sommes convenus de parler à Marik qui devait venir le voir dans l'après-midi. Non seulement Marik n'est pas venu, mais j'ai reçu un appel téléphonique du client me demandant de ne faire livrer le costume que jeudi matin avant midi.*

*Hier soir, vers 18 heures, avant de partir, Yan m'a dit : « Je vois Marik ce soir à La Taverne; si je ne parviens pas à connaître la vérité et au besoin à le dissuader d'effectuer une opération malhonnête, je mettrai le tableau à l'abri, mais hors de la maison afin que vous ne soyez en rien mêlé à cette affaire. »*

*Je viens d'aller dans son appartement. Piritz n'est pas rentré cette nuit et le tableau a disparu.*

*Si, à 10 heures, Yan n'est pas là, j'irai porter le costume moi-même et je verrai bien quelle tête fera le client s'il attend vraiment autre chose que le costume commandé. J'agirai en conséquence.*

*Tout à l'heure, je parlerai de cette affaire à notre ami Yacoub, mais je préfère que vous soyez au courant de ces faits pour le cas où Piritz aurait commis ce qui ne peut être qu'une impru-*

*dence, car il est trop honnête pour se mêler de quoi que ce soit de répréhensible. Je ne dis rien à Rachel pour le moment, afin de ne pas l'inquiéter inutilement.*

*Bien à vous...* » Et c'est signé :
*David Baumann.*

— Voilà, dit le commissaire. L'enveloppe porte le timbre du bureau n° 85, 66, rue du Temple, et le cachet indique : vend. 2 mai 10 heures. Le tailleur, ajoute-t-il, a dû la mettre dans la boîte du central télégraphique à deux pas de son magasin. Le notaire l'a trouvée dans son courrier de ce matin, mais il n'en a pris connaissance qu'au début de l'après-midi. J'ai aussitôt téléphoné à Villacoublay pour vous faire revenir le plus vite possible.

— Evidemment, dit Barsac, cette lettre confirme ce que nous avons supposé, mais elle ne nous apporte rien de nouveau, en définitive!

— Je ne suis pas de cet avis, intervient Danielle, elle nous apprend une chose importante : la livraison du tableau aurait dû être effectuée le mercredi soir; mais le client a téléphoné pour demander de reporter la livraison du costume au lendemain, et cela dans l'après-midi, alors que Piritz n'avait pas encore demandé des explications à Marik, ce qui n'a pu être fait que le soir à *La Taverne* au cours de ce repas houleux et incomplet, d'après ce qu'a déclaré le serveur.

— Je ne vois pas la subtilité, dit Barsac.
— Mais si, insiste Danielle, cela prouve que dans le plan de Marik la deuxième partie du document devait être mise en place dans le tableau le mardi soir. Or, le tableau que vous avez récupéré à la consigne de la gare de l'Est ne contenait que la première. Donc, c'est le refus de Piritz le mardi soir qui a contraint Marik à improviser.
— Et dire que c'est moi qu'on accuse de faire du roman! dit Barsac en ricanant.
— Roman ou pas, écoutez la suite, car maintenant pour moi c'est une certitude... Mardi soir, à *La Taverne*, Piritz a non seulement refusé de livrer le tableau avec le costume, mais également de recevoir Marik chez lui ce soir-là. Il lui déclare qu'il lui rendra le tableau le lendemain, mais qu'il ne veut pas entendre parler de cette affaire... Marik est pris de court. Le tableau est dans l'appartement de Piritz et il n'a aucun moyen de le récupérer sans prendre des risques considérables. Or, ne l'oublions pas, Marik, c'est surtout Volowieck, agent secret d'un pays de l'Est. A ce titre, il ne doit rien faire qui compromette un réseau tout entier... Il est donc obligé de temporiser et s'organise pour récupérer le tableau le mercredi soir, mais en toute sécurité. C'est ainsi que dans l'après-midi de mercredi, il demande au client de téléphoner au tailleur pour faire reporter la livraison du costume au lendemain

jeudi dans la matinée. Son raisonnement est le suivant : ou il convainc Piritz de livrer le tableau avec le costume, ou il récupère le tableau de gré ou de force, mais sans risques. Ce qu'il ne pouvait prévoir, c'est que Piritz, ayant compris dans quel piège il était tombé, réagirait aussi rapidement en mettant le tableau à l'abri. C'est au cours de la réunion à la brasserie Victor que Marik se rend compte de la situation. Il appelle un complice qui vient avec une voiture prendre les deux hommes devant la brasserie. Piritz, sûr de lui désormais, refuse toute discussion. Marik est contraint d'employer la force... un coup malheureux peut-être. Il ne lui reste qu'une solution, prendre à Piritz son trousseau de clés, balancer le corps dans la Seine et envoyer son complice chercher le tableau.

– Pourquoi n'y est-il pas allé lui-même ? interroge Barsac. Son complice ne connaissait pas les lieux...

– Erreur, son complice connaissait certainement le chemin : ce devait être celui qui est venu un soir les chercher avec sa voiture... Rappelez-vous les propos de la vieille Mme Gillot. D'autre part, Marik a sur lui la deuxième partie du document. Il ne s'agit pas de se faire prendre avec... et, à la limite, ce qui est peu probable, compte tenu des habitudes des habitants du 82, s'il rencontre quelqu'un de la maison, son complice peut dire qu'il est venu rapporter à Piritz son trousseau de clés, le trousseau que nous avons trouvé sur la porte lors de notre seconde visite.

— Marik, dit le commissaire, serait donc parti avec la deuxième partie du document, persuadé que son complice allait récupérer le tableau et le livrer comme prévu le lendemain? Au fond, c'est possible, l'important pour lui étant en effet de se débarrasser du document qu'il détenait et de disparaître. Il pouvait penser qu'à la limite, la perte de la première partie n'entamait pas la valeur de la prise.

— C'est probablement ce qui s'est passé, fait Danielle, et Marik n'étant plus là pour rétablir la situation, son complice a dû décider lui-même de supprimer le tailleur... Nous connaissons la suite... Celui qui vient chez Piritz fait chou blanc. Il rédige hâtivement le message reproduit par le carbone de l'ordonnance du Dr Bénaïm et disparaît à son tour sans laisser la moindre trace. Même pas d'empreintes digitales... Il devait porter des gants!

Le commissaire réfléchit un instant.

— D'accord, dit-il enfin. Cette hypothèse est vraisemblable. Mais pourquoi avoir aussi liquidé le tailleur?

— Probablement parce que, pensant ainsi se protéger, Piritz a dû dire qu'il avait mis son patron au courant. Marik ne pouvant courir le risque d'une intervention de ce dernier a dû faire le nécessaire pour l'empêcher de parler.

C'est un métier dans lequel on ne fait pas de sentiment.

– Bon, je veux bien! Mais l'hypothèse ne colle pas avec les déclarations de la vieille dame!

– Si, monsieur le Commissaire, car là nous avons commis une erreur en prenant au pied de la lettre ce qu'a dit Mme Gillot. J'ai noté sa réponse lorsque l'inspecteur Barsac lui a demandé à quelle heure elle avait entendu rentrer Piritz. Elle a répondu ceci : « Je ne peux pas dire l'heure exacte, car je me couche très tôt, vers 8 heures, et m'assoupis rapidement. Oh! ils n'ont pas fait beaucoup de bruit; j'ai seulement entendu rouler le canapé, comme chaque fois que son copain vient passer la nuit chez Yan. » En réalité, poursuit Danielle, la vieille dame a extrapolé d'un bruit qu'elle avait l'habitude d'entendre; mais celui-ci se situait beaucoup plus tôt qu'elle le pensait; c'est-à-dire vers 21 heures, lorsque Piritz est venu chercher le tableau, car celui qui est venu plus tard dans la nuit n'avait pas besoin de déplacer le canapé, le tableau n'était plus au mur.

– C'est lumineux! lance Barsac; mais à quoi cela nous mène-t-il, dans l'immédiat?

– Tout simplement, réplique Danielle, à ce que vous avez dit au général Simon : « La première chose à faire est de rechercher comment le document est sorti du Centre et grâce à qui ? » En effet, si nous y parvenons, demain matin, nous aurons une petite chance d'arrêter le porteur de la deuxième partie du document lorsqu'il tentera de prendre l'avion à Orly.

— Je pense que l'inspecteur a raison, intervient le commissaire. Espérons que le préfet Bouvier nous apportera quelques informations pour y parvenir...

— Bon, d'accord! dit Barsac. Alors, Inspecteur, avez-vous une idée sur la façon dont nous allons nous y prendre demain matin?

— Non, pas encore. Mais, nous pouvons y réfléchir ensemble si vous le voulez bien...

L'arrivée du préfet Bouvier interrompt la jeune fille.

— Désolé de vous faire faire des heures supplémentaires, dit le patron de la D.S.T. en venant s'asseoir près d'eux. Mais j'ai des informations importantes à vous communiquer qui vont vous permettre d'orienter votre enquête au Centre.

— Rassurez-vous, monsieur le Préfet, pour les heures supplémentaires l'inspecteur Barsac nous disait à l'instant qu'il était si heureux de travailler avec Mlle Baurain que, pour lui, le temps ne comptait plus...

Barsac regarde son patron sans rien dire; mais il n'en pense pas moins...

— Bravo! fait le préfet. Du reste, j'étais certain qu'ils allaient s'entendre à merveille... Alors, pour revenir à notre affaire, tout d'abord une information peu rassurante. Le vol du document est grave, certes, mais surtout parce qu'il a pu être effectué au C.E.R.A. qui travaille pour la Défense nationale. Cependant, la seule deuxième partie n'est guère exploitable car il manquera deux choses essentielles pour la réalisation du projet : la première partie qui est entre nos mains et, surtout, les plans qui représentent la partie la plus sensible du projet. C'est ce que le général Simon vient d'exposer au ministre de façon à ramener cette affaire à ses véritables dimensions. Le plus grave, c'est la fuite à partir du C.E.R.A. Ce sera donc votre objectif demain. Dans ce domaine, le commissaire Dumont vient de me rappeler une information qui devrait faciliter vos recherches. Il y a quelques mois, la D.G.S.E. a appris par un de ses agents que le ministre soviétique de l'Industrie détenait un croquis sommaire et non coté d'une structure particulière d'aile d'avion, vraisemblablement subsonique, car dans le monde entier, des recherches sont activement menées dans ce domaine. C'est donc sans aucun doute à cause de ce dessin que les Soviétiques ont lancé leurs agents à la recherche du projet français.

– Alors, dit Barsac, ce serait un dessinateur qui, de mémoire sans doute, aurait reproduit un des plans et l'aurait livré... mais à qui?

– Peut-être tout simplement à ce Marik-

Volowieck, qui depuis deux ans était en mission pour infiltrer les milieux polonais.

— Alors, demande Barsac, ce dessinateur ferait partie de l'association à laquelle appartenait Piritz?

— Pas forcément, mais ce n'est pas impossible.

— Si je comprends bien, notre premier travail va consister à vérifier l'identité des dessinateurs?

— Oui, mais surtout leurs attributions et leurs possibilités d'accès au bureau de l'ingénieur en chef, car pour ce qui concerne leur identité, je peux vous dire qu'aucun ne porte un nom à consonance étrangère. Tous ont fait l'objet d'une sélection sévère et ont travaillé au moins un an ou deux dans une entreprise plus ou moins sous le contrôle de la Défense nationale. Bien entendu, le général Simon répond de ses collaborateurs directs, et notamment de l'ingénieur en chef Raymond. Il pense également que la secrétaire Michèle Jolivet qui tient le poste depuis dix ans ne peut être l'objet du moindre soupçon. « Un peu fofolle pour son âge, a-t-il ajouté, mais de toute confiance. »

— Que signifie « un peu fofolle » pour le général? demande Danielle.

— Le général ne m'a donné aucune précision, mais, renseignements pris, elle aurait quelques bontés pour un membre de l'atelier de dessins et maquettes. C'est un peu la fable de la maison : la vieille fille – elle a 37 ans – qui s'amourache du jeune loulou...

– Monsieur le Préfet, dit Barsac, je me demande si vous avez encore besoin de nous, apparemment vous avez résolu le problème!

– Non, non! Pas d'a priori et pas de conclusions hâtives. C'est une simple indication qu'il faut vérifier. C'est vous qui direz si elle est valable ou non. Maintenant, les enfants, c'est à vous de jouer! En attendant, je vous invite à dîner, si vous n'avez rien de mieux à faire, bien entendu...

Tous ayant accepté, la séance est levée. Le préfet et le commissaire quittent le bureau les premiers, tandis que Danielle saisit Barsac par le bras et lui dit avec son plus beau sourire :

– Vous voyez, monsieur l'Inspecteur, mon grand Sachem n'est pas aussi sauvage que vous le prétendez! Vous l'aurez votre dîner... Ce que c'est que d'être mauvaise langue!

Barsac ne répond pas, lui tire la langue et sort en lui prenant le bras.

## CHAPITRE 13

Contrairement à ce que le préfet Bouvier avait dit au général, Barsac et l'inspecteur Baurain n'ont pas passé la nuit à étudier les différents systèmes de sécurité existants. Après une soirée fort détendue, chacun est rentré chez soi en remettant au lendemain la suite des opérations. Et, ce samedi 3 mai, dans la voiture qui les emmène vers le C.E.R.A. de Villacoublay, ils essaient de mettre au point leur technique d'intervention.

– D'une façon générale, dit Barsac, le samedi, la majeure partie du personnel est au repos. Ne sont présents au Centre que les personnes chargées de travaux exceptionnels ou urgents. L'ingénieur en chef Raymond est en déplacement à Toulouse, mais sa secrétaire vient le samedi matin.

– Je me demande, interroge Danielle, comment nous allons pouvoir aborder le problème avec elle, puisque désormais on ne fait plus de cachotteries comme le désirait, au début, le général? Mais a-t-elle été mise au courant du vol?

– Bah! nous aviserons sur place. Il y a cependant quelque chose qui me préoccupe. Comment le document écrit a-t-il pu être subtilisé dans le bureau de l'ingénieur en chef et sorti du Centre sans que personne ne s'en rende compte? J'ai bien une petite idée mais elle est tellement farfelue...

– On peut savoir, demande Danielle... ou faut-il deviner?

– Je vais tout vous dire. Nous sommes bien d'accord : ce qui caractérise le document, c'est son style. On a l'impression d'un texte qui a été dicté. Or, nous savons qu'à aucun moment, il n'a été lu à haute et intelligible voix, mais dactylographié d'après le manuscrit de l'ingénieur en chef.

– Et ce manuscrit aussitôt brûlé, *dixit* le général...

– Exactement. Alors, je me suis souvenu de quelque chose qui m'a un peu surpris pendant notre visite au C.E.R.A. Vous allez rire... La cabine téléphonique qui n'a pas voulu rendre mes trois francs.

– Ma parole, vous êtes pingre ou quoi?

– Non, pas du tout. Au contraire, je suis généralement assez dépensier. Mais, là, j'ai eu l'impression d'une cabine qui aurait été trafiquée pour avoir des communications à l'œil, en tout cas clandestines, incontrôlables.

– Et alors? demande Danielle, intriguée.

– Alors, c'est là que l'idée est farfelue... le texte aurait pu être téléphoné de cette cabine, gratuitement et hors de tout contrôle du Centre ou des P.T.T...

Danielle regarde son collègue en hochant la tête. Elle ne le dit pas, mais elle pense que « farfelu » est bien faible en la circonstance.

– Vous parlez d'une communication téléphonique! lance-t-elle enfin.

Mais l'arrivée au Centre interrompt leur débat. L'officier qui les a conduits la veille les attend :

– Le général Simon m'a prié de me mettre à votre disposition. Que désirez-vous voir?

– Mon Lieutenant, dit Barsac, j'aimerais bien que vous commenciez la visite avec l'Inspecteur Baurain, tandis que je jetterai un coup d'œil à cette cabine téléphonique qui ne rend pas la monnaie.

– Vous savez, dit Danielle à l'officier, l'inspecteur Barsac est un peu maniaque, mais pas méchant. Il ne mord pas si on le laisse faire ce qu'il veut. Alors, laissons-lui le plaisir de faire joujou avec le matériel des P.T.T...

– Comme vous voudrez, dit l'officier, un peu surpris par un tel enfantillage. Avez-vous besoin d'outillage? demande-t-il à Barsac avec une pointe d'ironie.

— Merci, Lieutenant, j'ai tout ce qu'il me faut, réplique Barsac sur le même ton en sortant de sa poche une trousse miniature contenant un petit matériel très sophistiqué.

Danielle n'en revient pas... « Il avait donc préparé son petit numéro de mécanicien des P.T.T.! » murmure-t-elle. Puis, se tournant vers l'officier qui l'attend :

— Allons-y, Lieutenant. M. Barsac nous rejoindra lorsqu'il aura fini de jouer au petit dépanneur!

Et, tandis qu'ils se dirigent vers le bâtiment central, Barsac entre dans la cabine où il entreprend aussitôt de démonter le coffret qui n'est même plus plombé...


Vingt minutes plus tard, Barsac rejoint Danielle et son guide dans l'atelier des maquettes.

— Alors, demande Danielle, avez-vous récupéré vos trois francs?

— Oui, et pas un de plus, hélas! Cette cabine n'est pas, comme je l'espérais, une boîte à sous. Par contre, j'ai découvert quelque chose de très curieux...

— Ah! Et quoi donc, une boîte à musique?

— Non. Simplement un appareil détraqué, dont le mécanisme refuse obstinément de se mettre en marche avec une pièce de monnaie mais qui dit oui tout de suite au tournevis. J'en ai profité pour appeler le patron sans bourse délier, mais il était en promenade avec Mallaud.

— Donc, il ne reste rien de votre idée « farfelue »? Du reste, on imagine mal comment on pourrait dicter un texte de douze pages par téléphone! Impossible dans la journée et impensable la nuit, avec des rondes toutes les heures!

— Vous avez raison. Le marmot n'est pas sorti par cette porte-là. Et vous, avez-vous appris quelque chose d'intéressant?

— Nous n'avons encore parlé que des dessinateurs. Voici ce que j'ai noté : les plans sont réalisés dans un atelier dirigé par un ingénieur. Lors de l'élaboration d'un projet important, chaque dessinateur est chargé de la réalisation d'une partie des plans. Aucun n'a jamais une connaissance complète de l'ensemble. D'autre part, tous les plans sont exécutés sur des feuilles spéciales, ne portant aucune référence; elles sont inscrites par la suite par des techniciens; les plans sont signés par le dessinateur qui les a réalisés. Précisons que ces plans sont d'une dimension qui exclut toute idée de détournement. Enfin, il est peu fréquent que l'ingénieur en chef appelle un dessinateur, mais cela arrive parfois... Il arrive également, vous le savez, que la secrétaire, Mlle Jolivet, vienne demander un renseignement à un dessinateur ou appelle l'intéressé à son bureau : cela se produit le plus souvent avec un certain Joseph Labrit... C'est la fable de la maison...

— Merci, madame la Concierge, dit Barsac en prenant le bras de Danielle. Vous voyez le métier qu'on nous fait faire! Bon..., ces renseignements ne font que confirmer ce que le préfet Bouvier nous a dit hier soir. Evidemment, avec un peu d'imagination, on peut concevoir qu'un dessinateur, Labrit ou un autre, ait reproduit de mémoire la partie d'une structure particulière d'aile d'avion qu'il était chargé de dessiner, mais personne n'a pu apprendre par cœur un texte technique de douze pages et... nous ne sommes pas plus avancés!

— Et si nous allions parler de tout cela avec Mlle Jolivet?

— Bonne idée, réplique Barsac. Vous pouvez nous conduire jusqu'au bureau de votre grand patron, Lieutenant?

— De sa secrétaire seulement, dit l'officier, car la porte du bureau du général est infranchissable sans char d'assaut...

Pendant qu'ils longent le long couloir qui mène aux bureaux du général et de son adjoint, Barsac demande à l'officier si la secrétaire est au courant du vol du document.

— Non, répond-il. Pour le moment, seuls le général et moi sommes au courant. Le général ne veut pas que cela soit connu avant le retour

de M. Raymond. Il m'a mis au courant afin que je puisse vous aider dans votre enquête et en ma fonction d'officier chargé de la sécurité. Je ne dois en parler à personne d'autre qu'à vous, aussi je vous demande d'être très discrets avec Mlle Jolivet.
— Cela va de soi, fait Barsac.
— Je vais vous présenter comme inspecteurs des services de sécurité de l'armée de l'air et je vous laisserai avec elle, afin de ne pas vous gêner.


A leur entrée dans le bureau, la secrétaire fait pivoter son siège, se lève, s'avance vers les visiteurs et se présente :
— Mademoiselle Jolivet, secrétaire du général Simon.
— Je vous présente l'inspecteur Baurain et monsieur Barsac, de la sécurité de l'armée de l'air.
— Le général m'a prévenue de votre visite. Je suis à votre disposition.
— Si vous avez besoin de moi, dit l'officier, vous me faites appeler, sinon vous me retrouverez dans le hall.
Barsac prend la conversation à son compte, car il ne faut à aucun prix que la secrétaire ait l'impression de subir un interrogatoire. Il commence par quelques questions sur la sécurité

incendie pour aborder ensuite les problèmes de sécurité des dossiers, de la surveillance des locaux. La secrétaire répond à tout; manifestement, elle est très au courant de tout ce qui touche aux différents systèmes d'alarme et d'intervention rapide. Puis l'inspecteur Baurain prend le relais pour parler des différents appareils installés dans le bureau et dans celui de l'ingénieur en chef.

Les mains derrière le dos, Barsac fait lentement le tour de la pièce, examine rapidement les accès, ne prêtant qu'une oreille discrète, pour ne pas dire lointaine, à la conversation des deux femmes, car le fameux petit signal vient de retentir dans son cerveau. Et il s'entend murmurer : « Le grain de sable! » Revenant vers les deux femmes, et sans être vu de la secrétaire, il fait un clin d'œil à Danielle.

– Mademoiselle, dit-il, nous n'allons pas vous déranger plus longtemps. Voulez-vous être assez aimable pour montrer à l'inspecteur Baurain comment sont installés les divers appareils dans le bureau de M. Raymond. Un simple coup d'œil...

Danielle le regarde sans comprendre ce qu'il veut exactement et suit la secrétaire qui a répondu aussitôt :

– Mais, avec plaisir, Monsieur. Si vous voulez bien me suivre, Mademoiselle...

Le petit tour de Danielle dans le bureau de

l'ingénieur en chef est d'autant plus rapide que Barsac lance :

— Je pense qu'il ne faut pas nous attarder, Inspecteur; nous avons encore une visite à faire ce matin. » Puis, s'adressant à la secrétaire avec un sourire presque angélique : « Je vous remercie pour tous vos renseignements et votre courtoisie, Mademoiselle. »

La vieille fille ne doit pas entendre souvent discours aussi aimable. Elle est si émue qu'elle se contente alors de serrer les mains sans rien dire.

Danielle attend d'être assez loin du bureau pour tirer Barsac par le bras :

— Vous savez ce que vous voulez, oui ou non? Vous me demandez de regarder les appareils installés dans le bureau de l'ingénieur et trente secondes après, vous venez mettre fin à une visite que je n'ai pas eu le temps de commencer. Que va penser la secrétaire?

Barsac s'arrête net. Avec ses deux mains, il saisit les bras de la jeune fille et dit :

— M'en fous, Danielle! J'ai trouvé ce que nous cherchions! Alors, ce que peut penser la secrétaire... je m'en moque comme de ma première tétine!

— Vous allez me dire ce que vous avez trouvé?

— Non, Danielle. Pas maintenant, car c'est encore plus farfelu que l'histoire de la cabine téléphonique et je n'ai pas envie que vous vous moquiez de moi. Mais faites-moi confiance et regagnons notre voiture, il n'y a pas une minute à perdre...

L'officier de service qu'ils ont rejoint dans le hall les reconduit jusqu'à la voiture.

— Puis-je faire encore quelque chose pour vous? demande-t-il.

— Oui. Téléphonez au préfet Bouvier et dites-lui simplement ceci : « Vos deux oiseaux regagnent le nid avec un gros poisson. » Il comprendra et... merci pour la visite.

— Direction la D.S.T., rue Nélaton, ordonne Barsac au chauffeur dès qu'ils sont installés à l'arrière du véhicule. Ne traînez pas en route, mais ne prenez pas le risque de nous faire siffler par les motards de la route; rien que pour un contrôle d'identité, nous perdrions un temps précieux.

— D'accord, Patron, répond placidement le chauffeur, habitué à ce genre de demande. Accrochez vos ceintures, dès l'autoroute, nous décollerons à 140.


Intriguée par la mine hilare de son collègue, Danielle revient à la charge.

— Pierre, vous me cachez quelque chose!

— Moi? Oh! comment pourrais-je vous cacher quoi que ce soit, ma chère Danielle? Je n'ai pas de secret pour vous!

— Bon! Terminé pour les mondanités! Allez-vous me dire ce que vous avez découvert; car je suis certaine que c'est important.

— Ah oui! Et à quoi voyez-vous cela?

— Pierre, vous ne saurez jamais garder un secret. Même si vous ne dites rien, votre regard vous trahit. Tous les hommes sont pareils, du reste!

— Et allez donc! Evidemment, je ne suis pas comme vous, spécialiste des secrets... d'Etat! Mais permettez-moi de vous dire, très amicalement, que vous êtes totalement nulle pour les états... d'âme!

— Décidément, reprend-elle avec une pointe de tristesse, vous avez une drôle de façon de juger les femmes. Evidemment, si vous avez des états d'âme!... Vous feriez mieux d'être un peu plus réaliste, un peu mieux organisé, mentalement et matériellement. Vous croyez avoir tout résolu, parce que vous vous promenez avec une trousse de cambrioleur?

— C'est ça! Vous me prenez pour Arsène Lupin, maintenant?

— Oh non! Même pas... Car, lui, il sait s'organiser, tandis que vous, vous faites n'importe quoi. Vous agissez sans ordre ni méthode. Avec vous, il faut constamment jouer aux devinettes pour savoir ce que vous pensez!

— Sans ordre ni méthode, dit Barsac d'un air faussement pitoyable, quelle impudence! Quand je pense que, comme toutes les femmes, vous ne savez jamais ce que contient votre sac à main!

— Ça veut dire quoi au juste? Vous avez décidé d'être cruel avec moi?

— Non! Mais, puisque vous me jugez si mal, je ne vous dirai rien!

— Ce qui signifie que vous auriez quelque chose à dire? Allons, un bon mouvement, mon petit Pierre...

— Ecoutez, vous avez dit que c'en était terminé pour aujourd'hui avec les mondanités. Alors, bonsoir! Je roupille jusqu'à Paris.

Barsac s'enfonce dans la banquette, ferme les yeux. Sur l'autoroute, la voiture a atteint sa vitesse de croisière, entre 130 et 140. A cette allure, la succession des talus, espaces verts et habitations ne laisse sur la rétine qu'une image assez floue qui ne réussit pas à accrocher l'attention. A son tour, Danielle se retranche dans son coin et ferme les yeux... Mais elle est trop accrocheuse pour abandonner la partie, aussi, après quelques minutes de silence, elle reprend le combat :

— Pierre!

— Quoi donc! dit celui-ci en se redressant... Nous sommes arrivés?

— Non! Pas encore... Pierre, je vous propose un armistice!

— Bon, d'accord, ajoute-t-il plutôt maussade. Quelles sont les conditions de la reddition?

— Je n'ai pas parlé de reddition, mais d'armistice! Alors vous êtes gentil et vous me dites ce que vous savez, ensuite je vous dis ce que j'ai découvert. D'accord?

– Ah! parce que vous avez découvert quelque chose? Intéressant, ça! Mais vous me proposez un marché de dupes et, au fond, voyez-vous, malgré tous mes défauts, je sais faire confiance et parierais gros que nous avons découvert la même chose. Alors, vous me le dites à l'oreille, car le chauffeur ne doit pas entendre, et je vous promets d'en faire autant.

Sans plus attendre, Danielle se penche vers lui et, à voix basse, dit simplement deux mots.

– Formidable! s'exclame Barsac. Vous êtes sensationnelle. » Et sans vergogne et la moindre crainte de dire le contraire de ce qu'il a déclaré : « Je reconnais là l'intuition féminine, la marque du bon sens. Jamais plus je ne vous cacherai quoi que ce soit. »

Et, dans son enthousiasme, il se jette à son cou, l'embrasse à la commissure des lèvres... Danielle est tellement surprise par la fougue de son compagnon qu'elle n'a pas le temps de réagir. Elle porte la main à sa bouche et regarde Pierre d'un air si étonné que celui-ci se réfugie dans le coin opposé avec un air faussement penaud :

– Excusez-moi... Je l'ai fait exprès.

Leur immense éclat de rire fait tourner la

tête du chauffeur qui évite de justesse un loulou de Poméranie en rupture de laisse, tandis que la brusque embardée de la voiture les jette dans les bras l'un de l'autre. Puis, chacun ayant repris sa place, Danielle laisse aller sa tête sur le dossier et referme les yeux. Il y a un moment de silence pendant lequel Pierre découvre un autre visage de Danielle, un visage souriant. « C'est vrai, pense-t-il, pourquoi est-elle toujours aussi tendue, en alerte? On dirait qu'elle est constamment en embuscade! prête à attaquer... Aurait-elle une si mauvaise opinion des hommes? En redoute-t-elle le contact? Non, il y a autre chose... Quelqu'un dans son existence? »

— Donc, j'ai gagné, dit Danielle en se redressant vivement. J'avais envisagé cette hypothèse, mais je ne voyais pas comment en acquérir la preuve. Comment avez-vous fait? Parce que je suis certaine que vous l'avez, cette preuve!

— Chut! dit Pierre en mettant un doigt sur sa bouche. Laissez-moi le plaisir de faire mon petit numéro, comme vous dites, devant nos grands sachems...

— Vous ne changerez jamais, mon pauvre Pierre. C'est toujours le côté théâtral des choses qui l'emporte chez vous. Oh! certes, vous savez remarquablement ménager le suspense et sortir le lapin du chapeau au bon moment. Du reste, il est trop tard, nous arrivons et, au fond, je ne suis pas fâchée d'avoir la surprise en même temps que nos patrons. Vous voyez, moi aussi, je sais faire confiance...

Il est 11 h 30, lorsque la voiture les dépose dans la cour du P.C. de la D.S.T.

## CHAPITRE 14

Samedi 3 mai, 11 h 30

Dans le bureau du directeur de la S.T., le préfet Bouvier et le commissaire Legros attendent le retour de leurs subordonnés avec impatience.

– Vous avez vu la presse de ce matin, Commissaire ? interroge le préfet. Il paraît que vous avez fait des confidences aux journalistes hier soir ?

– Oh ! les journalistes n'ont pas besoin de confidences pour pondre leurs articles ! Ils ont assez d'imagination pour décrire avec force détails tout ce qu'on ne leur a pas dit.

– Je me demande ce qu'ils auraient écrit si vous leur aviez fait des confidences... Ecoutez ça : « Double meurtre rue du Temple. Jeudi matin, à 10 h 30, le tailleur David Baumann est abattu devant sa porte, 82, rue du Temple, par deux motards qui prennent la fuite. Alertés par des passants, le commissaire du 3$^e$ arrondissement et ses inspecteurs sont rapidement sur place et commencent à interroger les premiers témoins, tandis que l'ambulance du S.A.M.U. emporte le malheureux tailleur qui décède pendant le transport. Peu après, les inspecteurs de la deuxième brigade criminelle interviennent et on apprend que le commissaire Legros est chargé de l'enquête... Crime crapuleux ou attentat terroriste ? C'est en plein Paris et en plein jour, devant des passants médusés, un acte de violence intolérable ! Bien que cet attentat n'ait pas été encore revendiqué, le commissaire Legros n'exclut pas une nouvelle intervention d'Action directe... On se demande à quoi servent les nouvelles mesures contre le terrorisme !... » Et, encore ceci dans la presse du soir, avec une manchette énorme : *Murder in the Temple street*... Non, ce n'est pas le titre d'un roman d'Agatha Christie, mais la triste réalité. « En plein jour, devant des promeneurs terrorisés, deux motards abattent un homme et prennent la fuite. On pense d'abord à un nouvel acte de terrorisme, mais on apprend rapidement que l'ouvrier du tailleur assassiné a disparu. Suspect idéal, bien entendu, bien qu'on n'en comprenne pas la raison. Mais cette hypothèse est détruite dans la soirée, lorsqu'on retrouve le corps de l'ouvrier, noyé, à la pointe de l'île Saint-Germain à Issy-les-Moulineaux. Le commissaire divisionnaire Legros, chef de la Brigade criminelle, chargé de l'enquête, s'est refusé à toute déclaration mais ne semble pas exclure un attentat terroriste... Alors, on peut se demander quand des mesures, vraiment efficaces seront prises contre de tels actes? On voudrait bien croire à cette coordination de tous les services de police souhaitée par le gouvernement! Pour le moment les attentats continuent... »

— Que voulez-vous, dit le commissaire, habitué à ce genre de critique, il vaut mieux laisser les journalistes se défouler et interpréter les faits à leur manière que de leur laisser supposer la vérité, surtout dans l'affaire actuelle. D'autre part, cela rassurera le ou les coupables qui nous croiront embarqués sur une fausse piste...

— Vous avez raison, Commissaire, intervient le préfet, d'autant plus que nous avons fait ce qu'il convenait de faire, et j'espère que nous en aurons la preuve dans quelques instants si, comme je le crois, nos jeunes gens ont découvert quelque chose d'important à Villacoublay! Ce sera la meilleure preuve de la coordination de nos efforts et...

La conversation est interrompue par leur arrivée.

— Nous parlions de vous, lance le préfet. D'après votre message, vous ne revenez pas bredouilles! J'ai aussitôt appelé le commissaire Legros afin de gagner du temps. Asseyez-vous, nous vous écoutons...

– Monsieur le Préfet, commence Barsac, je dois préciser que l'inspecteur Baurain et moi avons trouvé en même temps la réponse à la première partie du rébus : comment le document a-t-il été volé?

– Exact! Mais seul M. Barsac sait comment le document est sorti du Centre. Il n'a rien voulu me dire, mais je suis certaine qu'il le sait!

– Alors, monsieur Barsac, ne nous faites pas languir davantage!

– Voilà, monsieur le Préfet. Tout a débuté hier, après notre entretien avec le général Simon. En effet, lorsque nous l'avons quitté, raccompagnés par l'officier de service, nous avons jeté un coup d'œil rapide dans un des bureaux du secrétariat. Et là, par curiosité, j'ai soulevé la housse d'une machine à écrire. Une machine moderne, électronique, l'Olympia Compact 2000. Sur le moment, je n'y ai pas prêté une attention particulière, disant simplement à l'inspecteur Baurain que c'était le genre de machine qui pourrait avantageusement remplacer la vieille Underwood de notre bureau... A ce moment-là, je pensais toujours à ce texte paraissant avoir été dicté et je me demandais si cette cabine téléphonique, soi-disant toujours en panne, n'aurait pas pu être utilisée pour transmettre le document. Ce matin, j'ai donc laissé l'inspecteur Baurain faire la visite des locaux avec l'officier de service pour m'occuper de cette cabine. Grâce à ma petite trousse de cambrioleur, j'ai démonté le coffret et vite constaté que si le mécanisme refusait de se mettre en marche avec une pièce de monnaie, par contre, il disait oui tout de suite au tournevis! Puis, j'ai réfléchi et suis arrivé à la conclusion que la transmission d'un texte de douze pages par ce moyen n'était pas possible... En effet, de jour comme de nuit, la surveillance est trop stricte pour réaliser une telle performance... Il fallait donc abandonner cette hypothèse qui méritait cependant d'être vérifiée malgré son aspect farfelu et chercher autre chose. J'ai alors rejoint l'inspecteur Baurain et c'est en passant devant le bureau des secrétaires, où nous avions jeté un coup d'œil la veille, que j'ai repensé à la machine à écrire Olympia Compact 2000, la même que celle installée dans le bureau de Michèle Jolivet. A côté de la machine, il y avait une notice et deux cassettes. J'ai lu la notice et constaté que les cassettes utilisées permettaient de frapper 95 000 caractères. Alors, un calcul très simple s'est imposé à moi : une page de texte comprend 30 à 32 lignes et chaque ligne 60 caractères en moyenne, ce qui donne 1 800 à 1 920 caractères par page, et donc pour douze pages de... 21 600 à 23 040 caractères. Conclusion, il suffisait de subtiliser la cassette utilisée par la secrétaire et ce, probablement à son insu...

— Ingénieux! Mais qui a pu prendre la cassette sur la machine, sans que la secrétaire s'en aperçoive?

— Nous y viendrons tout à l'heure, monsieur le Préfet, mais il faut reconnaître qu'à partir de là, tout s'explique. Sur une machine de ce type, les touches frappent le film de carbone et y laissent par transparence l'empreinte de chaque caractère. Le décryptage est long, fastidieux mais possible, surtout en se bornant à en extraire l'essentiel, d'où l'apparence d'un texte dicté. Il suffisait ensuite de le photographier pour le dissimuler dans la boiserie du tableau confié à Piritz.

— Astucieux et possible, en effet, fait le commissaire, mais comment la cassette est-elle sortie du Centre?

— Patron, c'est exactement ce que j'étais en train de penser, pendant que nous étions avec la secrétaire du général... Et, tout à coup, j'ai aperçu dans le bureau quelque chose qui m'a fait bondir de joie... Aussitôt, j'ai demandé à la secrétaire de permettre à l'inspecteur Baurain de jeter un coup d'œil sur les appareils installés dans le bureau de l'ingénieur en chef...

— Oui, dit Danielle, et trente secondes après, vous veniez me dire qu'il était temps de partir; j'avais à peine eu le temps de rentrer dans la pièce!

— Oui, mais moi, Inspecteur, j'avais eu les trente secondes nécessaires pour voler la cassette et la remplacer sur la machine de la secrétaire!

Le préfet qui commence à comprendre la manœuvre a un petit sourire pour demander :

— Et où avez-vous volé la cassette de remplacement?

— Dans le bureau des secrétaires; comme je vous l'ai dit, il y en avait deux toutes neuves à côté de la notice!

Le commissaire Legros prend un ton sévère pour dire à son subordonné ce qu'il pense du procédé :

— Barsac! Sachant que vous ne seriez pas fouillé à votre sortie du Centre, vous avez eu le culot de mettre la cassette volée dans votre poche? Personne n'aurait pu faire cela!

— Aussi ne l'ai-je pas fait, monsieur le Divisionnaire, répond-il d'un ton faussement choqué... Du reste, cela n'aurait servi à rien et n'aurait rien prouvé, car, en admettant que quelqu'un ait pu le faire, nous ne saurions toujours pas qui.

— Alors, demande le préfet, vous savez donc comment la cassette a été volée, mais si vous ne l'avez pas dans votre poche, vous ignorez toujours comment elle est sortie du Centre?

— Ah si! monsieur le Préfet. Et, voyez-vous, c'est là que l'idée de génie de détacher un de vos agents auprès de nous prend toute sa valeur, car si je ne peux pas prouver comment la cassette est sortie du Centre, Mlle Baurain, elle, peut le faire parfaitement...

— Que voulez-vous dire, Inspecteur? C'est vous qui avez pris la cassette sur la machine de la secrétaire, pas moi!... Moi, je ne l'ai jamais vue cette cassette!

— Quelle impudence, dit Barsac en joignant les mains et levant les yeux au ciel... Excusez l'inspecteur Baurain, monsieur le Préfet, nous avons eu une petite discussion en venant et je lui ai dit des choses désagréables...

— C'est bon! fait ce dernier... Vous liquiderez vos querelles plus tard... Alors, cette preuve, vous l'avez, oui ou non?

— Mais oui, nous l'avons! Enfin... l'inspecteur la possède, seulement elle n'a pas l'air de le savoir. C'est justement l'objet de notre discussion, car je lui disais que les femmes sont si peu ordonnées, qu'elles ne savent même pas ce que contient leur sac à main!

— Qu'est-ce que cela veut dire? demande Danielle, exaspérée par le propos de Barsac. Le voici, mon sac; je sais parfaitement ce qu'il contient. Je ne vois pas où vous voulez en venir avec vos insinuations!

— Monsieur le Préfet, ajoute Barsac soudain très sérieux, voulez-vous prier l'inspecteur Baurain de vous montrer ce que contient la poche arrière de son sac à main?

## UN AGENT TRÈS SECRET

La jeune fille les regarde tour à tour, commençant à se douter de la supercherie. Lentement, elle fait glisser la fermeture Eclair de la pochette et en sort... une cassette de machine à écrire Olympia Compact 2000. Elle la tend aussitôt à son patron et lance à Barsac : « Chameau ! »

– On me l'a déjà dit, mais jamais aussi aimablement. » Et il ajoute : « Je vous fais toutes mes excuses ! Bien sûr, j'ai un peu joué la comédie, mais il le fallait pour démontrer que mon hypothèse était plausible. En effet, voici comment les choses se sont passées : nous savons que les Soviétiques ont eu connaissance des travaux du C.E.R.A. grâce à un croquis sommaire, mais suffisamment éloquent pour des spécialistes qui en ont déduit que les techniciens français avaient résolu un problème sur lequel sont actuellement penchés tous les techniciens du monde. Il n'en fallait pas plus pour que les Soviétiques, dont vous nous avez décrit les appétits dans le domaine industriel, déclenchent une opération en vue de récupérer le rapport du C.E.R.A. Il est probable qu'ils ont fait appel à un de leurs agents tenus en réserve, ce que vous appelez un « dormant », en l'occurrence Rolph Marik-Volowieck... Celui-ci n'a pas eu de difficulté pour contacter ou faire contacter par un tiers le dénommé Joseph Labrit, dont on sait qu'il est en très bons termes avec la secrétaire. Puis, en y mettant le prix, il a obtenu de lui le vol de la cassette...

— C'était tout de même terriblement risqué, dit le commissaire!

— Bien sûr! mais ça devait rapporter gros... sûrement plus qu'au Loto!

— Comment avez-vous compris que c'était par le truchement du sac à main de la secrétaire que le document avait pu sortir du Centre?

— Eh bien! j'ai découvert le « pot aux roses » en apercevant sur une petite table, à côté de la machine à écrire, les sacs à main de la secrétaire et de l'inspecteur Baurain. J'ai fait alors ce qu'a dû faire le voleur. J'ai demandé à la secrétaire de montrer à l'inspecteur le bureau de l'ingénieur en chef... Le dessinateur lui aura demandé de présenter un dessin... Il a suffi de trente secondes d'inattention de celle-ci pour remplacer la cassette et mettre l'original dans le sac de Mlle Baurain. Quant au dessinateur, cela a été pour lui un jeu d'enfant de glisser la cassette dans le sac de Mlle Jolivet... Il ne lui restait plus qu'à la récupérer le soir même, à l'apéritif par exemple!

— Barsac! Si quelqu'un d'autre que vous me racontait une telle histoire, je refuserais d'y croire. Et vous, monsieur le Préfet, vous y croyez?

— Oh oui! mon cher Commissaire, j'y crois! Je suis même certain que l'inspecteur Barsac a raison. Son explication des faits est tout à fait plausible. Voyez-vous, cela prouve une fois de plus qu'il ne faut jamais rejeter une hypothèse sans l'avoir minutieusement vérifiée. Comme le disait le président Thiers : « Il faut tout prendre au sérieux, mais rien au tragique. » Et pour nous, cela veut dire : tout examiner avec le plus grand soin. Dans cette affaire, nous nous heurtons à un adversaire remarquablement organisé avec des acteurs souvent insaisissables, insoupçonnables la plupart du temps. Mais, quelquefois, nous avons la chance de profiter d'une erreur, d'une imprudence, du petit grain de sable qui détraque tout, comme vous dites. Aujourd'hui, c'est le cas. Tout aurait bien marché si, contre toute attente, Piritz n'avait démoli un plan jusque-là sans faille. A partir de cet accroc survenant à un moment où la situation est irréversible, il faut improviser et c'est là qu'on prend tous les risques. Et il arrive un moment où l'argent ne résout plus tous les problèmes.

– Si je comprends bien, dit le commissaire Legros, vous pensez que la deuxième partie du document prendra ce soir à Orly l'avion de 18 h 30 à destination de Rome ? Mais si, pour une cause quelconque, le porteur du document se doute de quelque chose, il risque de partir par un autre chemin !

– Bien entendu ! Nous ne pouvons à l'heure actuelle tenir compte que des informations résultant du texte du message trouvé chez l'ouvrier du tailleur. Le porteur du D2 doit partir le 3, donc aujourd'hui samedi, par le vol 86 de 18 h 30, puisqu'il est demandé d'assurer sa sécurité à Fiumicino, l'aéroport de Rome. Il est donc vraiment peu probable que, depuis hier, notre adversaire ait eu une raison particulière pour modifier quoi que ce soit au plan initial. Pour lui, ce n'est certainement pas le moment d'improviser et je reste persuadé qu'il partira ce soir d'Orly. Alors, pour nous, le problème est le suivant : comment l'empêcher de partir?

– On ne peut tout de même pas demander à Air France de supprimer le vol Paris-Rome!

– Certainement pas! A la rigueur, nous pourrions le demander si nous avions la certitude que le messager prendra cet avion, mais nous n'en avons pas la preuve formelle...

Barsac qui feuillette son carnet de notes, rompt tout à coup le silence qui a suivi la réponse du préfet :

– Monsieur le Préfet, nous l'avons cette preuve!

– Que voulez-vous dire, Inspecteur?

– Que nous nous sommes trompés en lisant le message trouvé chez Piritz : nous nous sommes trompés dans l'interprétation de la dernière ligne. Nous avons lu : « Assurez sécurité départ *de* Fiumicino », or il fallait lire « départ *pour* Fiumicino ».

— Et cela change quoi? demande le commissaire.

— Cela change tout, Patron! C'est la preuve qui nous manquait et qui nous confirme le départ d'Orly, puisque c'est là que le message demande d'assurer la sécurité. Par conséquent, rien n'est encore joué. Si le messager a besoin d'une protection, c'est qu'il ne se présentera pas seul au départ. A nous donc de découvrir qui est chargé d'assurer le transport et quels sont ses protecteurs!

— Ce qui ne justifie toujours pas la suppression du vol par Air France!

— Non, répond le préfet, mais M. Barsac a raison, et ce petit détail qui nous avait échappé va peut-être nous permettre de récupérer le document. Alors, voici ce que nous allons faire. Pour mettre en place une opération d'une telle importance, il me faut l'accord du ministre. Il est 12 h 30, nous allons tous déjeuner! A 14 heures, je serai place Beauvau et, dès que j'aurai obtenu l'accord du grand patron, je vous mets au courant de mon plan. Pendant ce temps, Commissaire, vous rassemblez vos inspecteurs. Ce soir, toute votre brigade devra être sur le terrain. Je vous dirai plus tard dans quelles conditions... Ah! ajoute le préfet, avant de vous libérer, une information pour l'inspecteur Baurain, mais qui vous concerne aussi indirectement. Je vous avais signalé que nous étions à la recherche d'un officier libyen de

## UN AGENT TRÈS SECRET

l'état-major du colonel Kadhafi, le capitaine Abdérahim Tamir, repéré à Casablanca le 25 avril dernier et soupçonné d'être entré clandestinement en France. Eh bien! une fois de plus l'information était fausse, mais probablement volontaire, afin de nous égarer vers une piste arabe. En fait, l'officier en question était bien à Casablanca le 25 avril dernier, mais c'est sur Moscou qu'il est parti pour y rejoindre le commandant Jalloud, le n° 2 libyen. Ce n'est pas la première fois qu'on cherche à nous lancer sur de fausses pistes, et il est fort possible que le nommé Ahmed Rahim, destinataire du costume et du tableau, et dont le nom ressemble un peu trop au prénom de Tamir, ait été utilisé dans le même but... Cela dit, bon appétit! Si vous avez besoin de me joindre, laissez un message au commissaire Dumont; il saura toujours où me joindre. » Puis, s'adressant à l'inspecteur Baurain, le préfet ajoute : « Danielle, dès 14 heures, prenez contact avec Dumont, il aura des instructions particulières pour vous. »

# CHAPITRE 15

Samedi 3 mai, 14 h 30

Lorsque Pierre Barsac arrive au bureau des inspecteurs, il est accueilli par un certain nombre de plaisanteries plus malicieuses que méchantes.

– Alors, monsieur l'Inspecteur, clame Lecoq, te voilà enfin de retour? Nous pensions que tu filais le parfait amour avec la... D.S.T... quelque part dans un coin tranquille!

– Bravo, réplique Barsac sur le même ton, je vois avec plaisir que ta langue de vipère est toujours aussi venimeuse. Désolé que mon absence vous ait tellement perturbés; vous n'aviez donc rien à faire, pour vous inquiéter à ce point de mon sort! Alors, rassurez-vous, moi je ne me suis pas ennuyé et, soyez tranquilles, vous allez avoir très bientôt du travail.

— Ah! parce que toi, bien entendu, tu es au courant des projets du patron? Et, en attendant, tu t'offres les missions spéciales avec la brunette, pendant que nous, pauvres pommes, nous galopons après des cadavres ou des fantômes... C'est le tailleur qui se fait descendre, puis son ouvrier qui plonge la tête la première sur le quai de l'île Saint-Germain, le dénommé Marik qui n'existe pas... le Chinois qui se fait la malle et un tableau de grande valeur qui va se cacher à la consigne de la gare de l'Est... Complètement dingue, quoi!

— Sans compter, ajoute l'inspecteur Moisan, le dénommé Jérôme Collin qui n'a jamais habité rue du Temple et le vitrier qui se trimbale avec un fusil à lunette dans sa boîte à outils et disparaît sans laisser de traces!

— Il faut avouer, lance l'inspecteur principal Mallaud qui vient d'entrer dans le bureau, qu'en dehors de ces constatations, l'enquête n'a pas progressé d'un poil de bique depuis hier...

— Bravo, mes amis! fait Barsac avec un petit sourire moqueur. Vous avez remarquablement résumé la situation à la date... d'hier! Mais depuis, cette situation a évolué et vous êtes en retard d'un gros bateau-mouche. Pendant que vous coinciez la bulle, l'inspecteur Baurain et moi avons découvert ce qui permet de répondre à toutes vos judicieuses observations...

– Alors, raconte! s'écrie Lecoq en s'installant à califourchon sur sa chaise.

– Je ne peux rien vous dire, mais le patron ne va pas tarder à le faire et, soyez tranquilles, vous allez pouvoir exercer tous vos talents!

L'arrivée de la secrétaire met provisoirement fin à cette aimable discussion.

– Ah! mademoiselle Sauvage, dit Barsac, j'ai pensé à vous toute la journée d'hier.

– Ça m'étonnerait, répond-elle en faisant la moue, j'avais compris que vous n'aimiez pas les blondes... en dehors des cigarettes!

– Cela ne m'empêche nullement de penser à votre confort, réplique Barsac avec son plus gracieux sourire. En fait, j'ai pensé à vous devant une magnifique machine à écrire électronique Olympia Compact 2000, vous connaissez?

– Oui, mais de vue simplement. Vous pensez bien que ce n'est pas ici qu'on risque d'en rencontrer une!

– Eh bien! détrompez-vous, ma chère. J'ai suggéré au patron de vous en offrir une, et si notre affaire actuelle tient ses promesses, je crois que vous avez une bonne chance d'envoyer l'Underwood au musée des antiquités de la P.J.

– De toute façon, réplique la secrétaire en glissant une feuille dans la machine, elle y sera dans peu de temps ou alors on la retrouvera sur le bord de la Seine votre Underwood.

## UN AGENT TRÈS SECRET

La sonnerie du téléphone met fin à leur conversation. L'inspecteur Mallaud saisit le récepteur.

— Allô!... bien, Patron! Tout de suite. » Puis, reposant le combiné : « Barsac et Lecoq avec moi chez le patron. Tous les autres, vous restez ici en attendant les ordres. Moisan, tu prévois deux voitures radio pour 17 heures. » Et, quittant le bureau, il ajoute : « Nous serons de sortie, ce soir. Tenue de campagne de rigueur!

— O.K.! dit l'inspecteur Lucas en allant vers le portemanteau où sont accrochés les étuis-revolver... Et on prend quoi comme munitions? crie-t-il à l'inspecteur Mallaud.

Mallaud est déjà trop loin, et sa question reste sans réponse.


— Asseyez-vous, dit le commissaire Lecoq aux trois policiers qui viennent d'entrer dans son bureau. Le meurtre de la rue du Temple a des conséquences que personne ne pouvait prévoir jeudi matin. Déjà le second meutre, celui de Yan Piritz, l'ouvrier du tailleur, nous faisait envisager de nouvelles hypothèses, mais nous étions encore très loin de la réalité. Sans entrer dans le détail des informations qui nous ont permis d'appréhender cette réalité, je peux vous dire qu'il s'agit d'une grave affaire d'espionnage industriel. Barsac et l'inspecteur Baurain ont été chargés d'une mission particulière et, ce matin, ils ont pu faire la preuve du vol d'un document secret au C.E.R.A. de Villacoublay. Bien entendu, nous observons la plus grande discrétion sur cette affaire en espérant qu'elle se résoudra rapidement, sans qu'il soit besoin de la révéler au grand public. L'affaire était bien montée par des services secrets étrangers, et nous n'en aurions rien su, si le malheureux Piritz n'avait eu des doutes sur l'honnêteté de son ami Marik et n'avait refusé de faire ce que celui-ci lui demandait, c'est-à-dire porter le fameux tableau contenant le document au dénommé Ahmed Rahim, rue Keppler. En fait, c'est Piritz qui a été la première victime et ce, mercredi soir. Malheureusement, il avait fait part de ses doutes à son patron, d'où la nécessité pour les truands d'éliminer ce dernier, jeudi matin. Là, nos adversaires ont pris un très gros risque, mais ils ont eu la chance de pouvoir bénéficier de la confusion créée par le passage des motards, ce qui dans un premier temps nous a lancés sur une mauvaise piste, heureusement assez vite éliminée grâce à la présence dans notre équipe de l'inspecteur Baurain. A l'heure actuelle, nous avons la certitude que le document volé à Villacoublay – ou plutôt la deuxième partie de ce document, puisque nous en avons récupéré la première – doit être emporté par un messager, dont nous ignorons tout mais dont nous savons qu'il prendra l'avion d'Air France, ce soir, à Orly à 18 h 30, à destination de Rome. Le problème qui nous est posé, conclut-il, est le suivant : comment repérer le porteur du document? Comme je viens de vous le dire, nous ne savons absolument rien de lui. Est-ce un homme? une femme? Ce dont nous sommes certains, c'est qu'il ne s'agit pas de Marik-Volowieck, car identifié par la D.S.T., il ne peut prendre un tel risque, et, à l'heure actuelle, il a certainement dû franchir une de nos frontières. D'autre part, il n'est pas possible de retarder le départ et cela ne servirait à rien, car le messager ainsi alerté nous filerait entre les doigts et partirait par une autre voie! Enfin, dernier détail, ce document est constitué de six négatifs de 13 × 17, facilement dissimulables et indétectables à tout contrôle.

— C'est une devinette que vous nous posez, monsieur le Divisionnaire? demande l'inspecteur Mallaud.

— Non, mais c'en est une que je me pose depuis ce matin. Le directeur de la D.S.T. qui se trouve en ce moment chez monsieur le ministre de l'Intérieur doit également essayer d'y trouver une réponse.

— Alors, fait l'inspecteur Lecoq, on bloque Orly au moment du contrôle des passagers et...

— Et quoi? demande le commissaire. Vous

voyez un moyen pour fouiller cent passagers, sans attirer l'attention de notre client qui trouvera le moyen de filer, nous enlevant toute chance de le repérer? Non, il va falloir ruser, bluffer peut-être. Je n'ai pas encore trouvé de solution et, de toute façon, nous ne pouvons rien faire sans une participation importante de nombreux autres services. Il faut attendre les ordres du préfet Bouvier, directeur de la S.T. Ce qui est certain, c'est que ce soir, nous serons tous à Orly pour le départ de cet avion. Je vous préciserai dans quelles conditions, dès que j'aurai rencontré le préfet Bouvier... Il est 15 heures, ne bougez plus de votre bureau, mais tenez-vous prêts à démarrer immédiatement! Une dernière recommandation : il faudra que chacun fasse preuve de la plus grande patience et de la plus stricte discipline; que chacun garde son sang-froid et sa présence d'esprit. Pas d'initiative personnelle! Les armes doivent rester dans leurs étuis tant que je n'aurai pas donné l'ordre de les utiliser. Je pense que vous me comprenez?

— Compris, monsieur le Divisionnaire, dit l'inspecteur Mallaud. Vous pouvez compter sur nous.

— C'est bon. Mettez vos camarades au courant de ce que je viens de vous dire, mais que personne ne bouge avant que j'en ai donné l'ordre.

— Et la secrétaire, demande Lecoq, on l'emmène aussi, Patron? Vous savez, elle raffole des surprises-parties!

– Et quoi encore? Vous avez besoin d'elle pour écrire vos mémoires ou pour vous bercer! répond le commissaire qui, au fond de lui-même, pense que tant que ses hommes font preuve d'humour, leur moral est excellent.

– Mademoiselle Sauvage restera ici pour assurer la permanence, et, si nécessaire, le relais en cas de nouvelles instructions.

– Vous savez, Patron, reprend Lecoq, ce que j'en disais, c'était surtout pour éviter que la machine à écrire ne disparaisse à son tour comme les Marik, Collin, le Chinois et autre Volowieck!

## CHAPITRE 16

16 heures. Le préfet Bouvier vient rejoindre le commissaire Legros dans son bureau du Quai des Orfèvres.

– J'ai l'accord du ministre et tous les moyens nécessaires, dit-il dès son entrée. Cela n'a pas été facile, mais le général Simon a fait comprendre aux grands patrons que notre projet était le seul susceptible de réussir et, par conséquent, de ne pas ébruiter cette affaire.

– Parfait, fait le commissaire. C'est peut-être un peu optimiste, mais il n'y a rien d'autre à faire qu'aller de l'avant. Espérons que tout se passera bien à Orly!

– Je reste très prudent, mais je suis, en effet, assez optimiste et, si nous réussissons, ce sera la meilleure preuve de l'efficacité de la collaboration de tous les services de police. Avez-vous prévenu vos inspecteurs?

– Oui, monsieur le Préfet. Je leur ai dit

l'essentiel; ils attendent les ordres et vous pouvez compter sur eux.

— Bien! Voici mon plan. Dès 17 heures, des groupes mobiles bien camouflés vont ceinturer le périmètre de l'aéroport, mais ils n'effectueront aucun contrôle des personnes qui entreront ou sortiront de l'aérogare. Ils observeront les allées et venues et se tiendront prêts à intervenir sur mon ordre. Dans le hall de départ, des tireurs d'élite, eux aussi camouflés, seront placés en différents points d'où ils pourront surveiller l'ensemble du hall et des escaliers, et intervenir instantanément si cela est nécessaire. Je garde le contrôle de tous ces éléments. La police de l'air assurera normalement son rôle, mais surveillera particulièrement les passagers qui se présenteront au contrôle de départ. Le service des Douanes est également prévenu et agira avec beaucoup de discrétion, afin de ne pas alerter le porteur du document. Pour ce qui vous concerne, je vais vous demander de mobiliser vos inspecteurs par équipes de deux, mais sans y inclure l'inspecteur Barsac dont j'ai besoin par ailleurs.

— D'accord, je mettrai donc l'inspecteur principal Mallaud avec l'inspecteur Lecoq, mon équipe de choc, puis Lucas et Moisan, tous deux malins comme des singes, et enfin les deux plus jeunes, Dumas et le stagiaire Cabriès.

— Très bien. Le commissaire Dumont est en ce moment avec eux, il leur explique le fonctionnement d'un émetteur-récepteur miniaturisé que nous sommes en train d'expérimenter et dont ils seront dotés ce soir. C'est un excellent moyen de communication instantanée sur de courtes distances, ce qui sera le cas à Orly. Vous et moi, serons équipés de cet appareil, poursuit le préfet en sortant de son attaché-case deux sortes de *walkman*. Tout le monde a l'habitude de voir un peu partout ce type d'appareil et nous n'attirerons l'attention de personne avec le nôtre. Par contre, cela nous permettra d'entendre les appels, les informations de toutes les équipes dont les postes sont calés sur la même fréquence.

— Vous avez donné un indicatif à chaque équipe, je suppose ?

— Non, mais nous allons le faire ensemble tout de suite. Alors, je serai RAPACE 1 et vous RAPACE 2. Votre équipe de choc sera JAGUAR, vos deux malins OUISTITI et les jeunes, GRIFFON.

— Si vous avez besoin d'un indicatif pour Barsac, vous devez vous souvenir que, depuis son escapade au Maroc l'année dernière, on l'a surnommé EXOCET !

— En effet, j'en sais quelque chose car j'ai dû faire assurer sa protection pendant ce voyage. Mais, pour la mission que je vais lui confier, il n'aura pas de contact direct avec nous. Vos trois équipes occuperont les positions suivantes : JAGUAR se tiendra à la porte ouest du hall; OUISTITI, à l'entrée est et GRIFFON, en haut de l'escalier, devant l'entrée du bar. Je pense que vous devriez rester au centre du dispositif, à vue directe de ces groupes; c'est-à-dire devant le comptoir d'Air France, où une hôtesse se chargera de vous faire patienter en vous proposant divers itinéraires. Je serai moi-même dans les parages, à proximité de la cabine téléphonique qui se trouve en face du comptoir, de l'autre côté du hall. Pour les autres groupes, les indicatifs seront les suivants : EPAULARD pour celui des tireurs d'élite, et CENTAURE de un à dix, pour les groupes mobiles. Je vous précise, enfin, que personne ne doit intervenir à l'extérieur du hall, et notamment sur le terrain, quoi qu'il arrive. De ce côté-là un dispositif particulier est en train de se mettre en place, tout doit être prêt pour 18 heures. Voilà, conclut le préfet Bouvier. Je crois avoir tout prévu! Il nous faudra tout de même un peu de chance pour réussir!

– Oui... Ce qui est préoccupant, c'est de n'avoir pas la moindre indication sur le porteur du document.

– Je sais bien! C'est un sérieux handicap, mais n'oublions pas que le message trouvé chez l'ouvrier du tailleur indique bien qu'il faut assurer la sécurité du passager. Ce qui implique la présence à Orly d'une ou plusieurs personnes chargées d'assurer cette sécurité. C'est peut-être là notre meilleure chance. Mais il nous faudra être extrêmement prudents, car si l'un d'eux se rend compte de notre surveillance, cela peut être très grave. Ce sont des gens qui ne reculent devant rien. Nous en avons déjà la preuve dans cette affaire. Alors je demande à tous les participants d'ouvrir l'œil, de garder leur sang-froid et, surtout, de ne pas prendre d'initiatives intempestives. Je ne veux pas qu'un seul de nos hommes prenne le moindre risque!

– J'ai fait toutes ces recommandations à mes inspecteurs. Je réponds entièrement d'eux.

– Très bien, conclut le préfet en se levant. Il est 17 heures, je dois retourner à mon bureau; mais, à 18 heures, je serai à Orly, dans le hall de départ... Dites à l'inspecteur Barsac de m'attendre devant la cabine téléphonique; j'aurai des consignes particulières à lui donner. Je vous laisse le temps de mettre votre dispositif en place. Je reprendrai contact avec vous sur place au moment voulu.


Il est exactement 18 heures, lorsque le préfet Bouvier pénètre dans l'immense hall de l'aéroport. Un journal à la main, le *walkman* en bandoulière et les écouteurs aux oreilles, il se dirige lentement vers la cabine téléphonique où Barsac donne l'impression de faire des adieux déchirants par P.T.T. interposés. Dès qu'il l'aperçoit, Barsac raccroche et, sa mallette à la main, vient à sa rencontre.

— Suivez-moi, dit le directeur de la S.T., sans s'arrêter ni modifier son allure, en se dirigeant vers un des bureaux de la compagnie Air France.

Pendant le court trajet, Barsac se demande, une fois de plus, pourquoi la D.S.T. lui a préparé et fait remettre ce nécessaire de voyage! « Ils ne vont tout de même pas me fourguer dans cet avion? » murmure-t-il.

Le garde de la police de l'air, en faction devant la porte, a ouvert celle-ci pour laisser entrer les deux hommes; il reprend sa faction aussitôt. Dans le bureau, trois personnes travaillent. Aucune n'a levé la tête à leur entrée. Barsac jette un regard interrogateur en direction du préfet.

— Asseyez-vous. Notre visite ici était prévue. Les deux personnes qui travaillent sur Minitel sont des employés d'Air France; ils sont au courant de notre surveillance particulière. Quant à la troisième, c'est notre opérateur radio. Il est à l'écoute permanente de tous nos réseaux, en ligne directe avec le ministère de l'Intérieur et tous les services de police et de gendarmerie. Par lui, je peux alerter immédiatement n'importe quelle autorité ou unité. J'avais besoin de ce contact avec vous pour vous donner une dernière instruction. Le commissaire Legros vous a bien mis au courant des mesures prises pour surveiller le départ du vol 86?

— Oui, monsieur le Préfet, et j'ai pris la mallette de voyage aimablement préparée par vos services... Je n'ai même pas encore eu le temps d'en vérifier le contenu!

— Très bien! Vous n'en aurez peut-être pas besoin, mais il vaut mieux tout prévoir.

Barsac hoche la tête sans répondre, attendant la suite.

— Il ne faut pas se faire trop d'illusions. Il est fort probable que nous serons obligés de laisser partir l'avion sans avoir pu identifier le porteur du document.

— Alors, tout ce déploiement de personnel et de moyens aura été inutile?

— Peut-être. Mais, j'espère encore que l'un de nos clients fera la petite erreur, commettra la petite imprudence qui nous donnera raison de l'avoir mis en place.

— *Inch Allah!* comme disent les Arabes, lance Barsac, peu convaincu mais confiant dans la protection divine.

— Aux indications que vous a données le commissaire Legros, je vais en ajouter quelques autres qui ne sont connues que des principaux responsables de l'aéroport. Outre la dispositif mis en place à l'extérieur et dans le hall, sur le terrain tous les postes sont doublés par des agents spéciaux... Les mécaniciens, approvisionneurs en carburant, bagagistes... seront accompagnés par un de nos fonctionnaires jusqu'au décollage de l'avion. Maintenant, autre chose... Regardez, poursuit-il en entraînant Barsac vers la baie vitrée qui donne sur le hall.

— L'équipage du Boeing! Vous avez aussi glissé un de vos fonctionnaires, je parie!

— Exact! Regardez bien le dernier, le radio de bord. C'est un technicien des transmissions de la D.S.T..

— Et il va partir avec l'équipage?

— Oui, mais rassurez-vous, c'est un spécialiste. Il connaît parfaitement le métier!

— Et les deux blondes qui suivent, demande Barsac en désignant les deux hôtesses qui traversent le hall, ce sont aussi des fonctionnaires de la D.S.T.?

— Non!... euh... enfin, pas les deux, répond-il en détournant la tête.

— Que voulez-vous dire, monsieur le Préfet? » Barsac regarde de nouveau les deux hôtesses qui vont pénétrer dans la salle de contrôle : « Non! ce n'est pas possible. La deuxième hôtesse... n'a jamais été blonde, je la reconnais, c'est l'inspecteur Baurain, déguisée?... Vous n'avez pas fait ça? Ce n'est pas possible, vous n'allez pas lui faire courir un tel risque? C'est insensé... jamais je n'accepterai...

— Du calme, Inspecteur! Quelle ardeur pour

défendre l'inspecteur Baurain! Je croyais que vous étiez plutôt en froid avec elle? Rassurez-vous, elle ne court d'autre risque que celui de faire un aller et retour Paris-Rome si, comme cela est fort possible, nous sommes obligés de laisser partir l'avion!... Du reste, rappelez-vous, elle nous a dit hier : « Si nous ne pouvons empêcher le départ de cet avion, je pars avec lui! »

— Exact... mais j'ai dit que si l'inspecteur Baurain prenait cet avion, je le prendrais aussi!

— Et alors? Qui vous en empêche? Pourquoi croyez-vous qu'on vous a muni d'un nécessaire de voyage? Vous avez aussi oublié qu'hier, en votre présence, le commissaire Dumont a réservé une place sur le vol 86 du 3 mai pour M. Pierre Barsac, journaliste?

— Pas possible! Je rêve, fait Barsac qui a soudain l'impression d'avoir été possédé par le patron de la D.S.T.

— Non, vous ne rêvez pas, monsieur Barsac, mais je vous préviens, il ne s'agit pas d'un voyage d'agrément...

— En définitive, vous nous envoyez au casse-pipe?

— C'est un peu ça.

— Je ne comprends pas, reprend Barsac, songeur... Pourquoi moi, alors que vous disposez de nombreux agents plus qualifiés pour ce genre de boulot?

— Tout simplement parce que vous seul et l'inspecteur Baurain êtes susceptibles d'être identifiés par l'un de nos clients, puisque vous avez participé à l'enquête! Mais l'inspecteur Baurain est camouflée, et vous seul allez à visage découvert. Vous comprenez maintenant? Astuce cousue de fil blanc! Si le messager possède votre signalement et vous identifie, il devra se tenir un peu plus sur ses gardes. Et c'est là-dessus que je compte, qu'il se sente serré d'un peu trop près et qu'il commette une erreur!

— Ben voyons! fait Barsac en hochant la tête. Je vais avoir bonne mine, s'il vient me demander du feu pour sa pipe!

— Attendez! Je ne vous ai pas encore tout dit. Tout d'abord, vous ne connaissez aucune des hôtesse. Ensuite, vous ne serez pas seul de la D.S.T. dans l'avion. Deux de nos fonctionnaires figurent parmi les passagers.

— Comment les reconnaîtrai-je?

— Pas nécessaire! Ils ont vu votre photo. Ils ne vous quitteront pas des yeux. L'un sera à l'avant et l'autre à l'arrière, vers la soute à bagages. Votre place est au milieu de la carlingue et la place à côté de la vôtre est libre... en principe!

— Pourquoi « en principe »? Toutes les places sont réservées à l'avance!

— Exact... Mais les deux places ont été retenues pour vous! Cependant, on peut imaginer qu'après le décollage un passager manifeste le désir de changer de place... Quelqu'un peut se trouver un peu seul et éprouver le besoin de bavarder avec vous... et vous demander du feu, par exemple.

– Ça m'étonnerait que notre client éprouve le besoin de venir bavarder avec moi, surtout s'il m'a identifié!

– Cela m'étonnerait aussi, monsieur Barsac... Alors, si personne ne vient vers vous, ce sera à vous de jouer!

– De jouer à quoi? Et si c'est un de vos agents qui veut me contacter, comment le saurai-je?

– Bonne question! C'est prévu, le mot de reconnaissance est : « EXOCET. »

– Rien à dire, vous avez vraiment tout prévu... mais je me demande à quoi je vais jouer pendant deux heures dans ce foutu zinc! Au pirate de l'air, peut-être?

– Pourquoi pas? remarque le préfet avec le plus grand sérieux. Inspecteur Barsac, je vous fais confiance, vous avez carte blanche, et, quoi qu'il arrive, vous aurez agi sur mon ordre. Compris?

– Compris, monsieur le Préfet.

– Bien! Une ultime indication avant de vous laisser vous envoler. Sachez que je maintiens tout le dispositif mis en place pendant une heure après le décollage. A 19 h 30, je fais lever le siège. Voici votre billet, il est temps de rejoindre les autres passagers. Et bonne chance!

— Merci, monsieur le Préfet. Je crois que je vais en avoir besoin!

Le préfet laisse Barsac sortir du bureau et observe le hall à travers la baie vitrée. Les écouteurs de son *walkman* sur les oreilles, il entend les groupes mobiles situés à l'extérieur de l'aéroport signaler leurs positions. Puis, à leur tour, les diverses équipes réparties sur la piste. Les trois équipes de la deuxième brigade prennent également contact par un très court appel : « Jaguar, en place, terminé. » Les tireurs d'élite ne sont encore que de simples spectateurs et n'ont pas encore dévoilé leur arsenal. Plusieurs chefs de brigade de la P.J. sont mêlés à la foule. Le commissaire Legros est au guichet de renseignements d'Air France... Tout peut arriver d'un instant à l'autre. L'attente devient pesante et met les nerfs à rude épreuve...

## CHAPITRE 17

Dominant le brouhaha des passagers et des accompagnateurs qui ont envahi le hall, le signal musical propre aux aéroports et aux grandes gares retentit, précédant la voix feutrée d'une hôtesse : « Les passagers du vol 86, à destination de Rome-Fiumicino, sont priés de se présenter au contrôle d'identité. » Comme en écho, à l'autre extrémité du hall, un haut-parleur répète l'annonce. De nouveau la petite musique résonne, suivie de l'appel en anglais puis en allemand.

L'inspecteur Barsac, qui se dirige lentement vers le contrôle, n'aperçoit aucun signe de surveillance particulière. Le camouflage paraît efficace. « Combien y a-t-il de fonctionnaires spéciaux dans cette foule ? se demande-t-il. Une dizaine... peut-être plus, pour essayer de repérer des complices totalement inconnus des services de police et bien camouflés eux aussi derrière une identité aussi fausse qu'inattaquable! Dérisoire... Illusoire d'espérer que l'un d'eux commettra une faute maintenant!... Curieux tout de même que le préfet soit si optimiste... Je ne vois vraiment pas, grogne-t-il encore, ce que je vais bien pouvoir faire dans ce Boeing, lorsqu'il aura décollé? »

Au moment où il présente ses papiers au guichet du contrôle, Barsac aperçoit ses collègues Mallaud et Lecoq, raides comme des piquets, de part et d'autre de l'entrée ouest. « Les deux " JAGUAR " sont à leur poste, constate-t-il pour lui-même, mais pas de trace des autres, ni du patron! »

– Avez-vous d'autres bagages, monsieur Barsac? demande l'employé d'Air France.

– Non! Seulement cette mallette. Je ne fais qu'un aller et retour rapide pour un reportage.

– Eh bien! bon voyage, monsieur Barsac...

« Trop poli pour être honnête, pense Barsac. Encore un D.S.T., camouflé probablement... Et qui se paie ma tête, par-dessus le marché! »

Puis, c'est le passage dans la cabine de contrôle. Noyé dans la foule des passagers qui vont monter à bord du 737, Barsac attend sagement son tour pour passer dans le sas. Le contrôle des douanes fait, les passagers sont rassemblés dans la salle d'attente de départ devant laquelle stationnent déjà les cars qui vont conduire les voyageurs vers l'appareil.

Désormais, personne ne peut plus revenir en arrière, sauf incident particulier, et sous bonne garde! Les portes donnant accès au hall ont été refermées et sont gardées par des agents en tenue de la police de l'air.

« L'aventure commence », pense Barsac.

On entend de nouveau les trois petites notes et la voix de l'hôtesse qui lance un dernier appel : « Les passagers du vol 86, à destination de Rome, sont priés de se présenter d'urgence au contrôle. Embarquement immédiat. » « Tiens, pense Barsac... il y a donc des retardataires? Peut-être notre client? Il aura attendu la dernière minute pour vérifier qu'il n'y a pas d'obstacle... Intéressant ça! » Mais les portes du hall restent closes. Celles qui donnent sur la piste s'ouvrent et les passagers se dirigent vers les cars. Barsac est resté avec les derniers, mais personne ne s'est présenté. « Tant pis! murmure-t-il. Evidemment, c'eût été trop beau de le repérer avant le décollage... Oui, mais rien ne prouve que le passager manquant n'est pas notre homme et que, pour une raison ou une autre, il ait changé " son plan " de vol! »

Sur la piste, diverses équipes s'affairent encore. Le plein de kérosène terminé, le camion-citerne repart vers son hangar, tandis que des mécaniciens effectuent les derniers contrôles; s'achève également la noria des chariots à bagages, et la soute de l'avion se referme.

Une ambulance débarque un handicapé aussitôt hissé à bord par la porte arrière à l'aide d'un élévateur.

Dans les derniers, Barsac parvient à la coupée où il est happé par l'hôtesse qui l'accompagne vers sa place. « Tiens, il y a aussi deux stewards! Personne n'en a parlé de ces deux-là! Oh! et puis, zut! j'arrête mon ordinateur. On verra bien! » Comme prévu, la place à côté de la sienne est libre. Il allonge ses jambes et, confortablement installé, ferme les yeux en attendant le départ.

L'embarquement n'a duré qu'une dizaine de minutes. Il est 18 h 30 précises, lorsque des membres de l'équipage tirent les portes et vérifient les barres de sécurité. Aussitôt, le vrombissement des réacteurs s'amplifie et l'avion commence à rouler vers son point d'envol.

Barsac est tiré de sa torpeur par une voix familière, celle de Danielle qui fait l'annonce traditionnelle : « Mesdames, Mesdemoiselles, Messieurs, le commandant Robin vous souhaite la bienvenue à bord du Boeing 737, de la compagnie Air France. Nous vous demandons de bien vérifier l'accrochage de vos ceintures pour le décollage qui va avoir lieu dans quelques secondes. Notre voyage durera deux heures. A 20 h 30, nous nous poserons sur l'aéroport de Rome. Les passagers à destination d'Athènes pourront rester dans l'appareil qui repartira à 21 h 30. Les passagers à destination de Larnaka, Beyrouth et Tripoli pourront prendre la correspondance par le Boeing 707 des Middle East Airlines à 22 heures. Les conditions atmosphériques sont excellentes. Nous vous souhaitons un agréable voyage. »

« Ma parole, se dit-il, elle sait tout faire cette fille-là! » Tandis que l'appareil s'élève, Barsac regarde la jeune fille immobile devant le sas d'accès au poste de pilotage, attendant que l'avion ait pris de l'altitude pour venir vers les passagers. « Quelle fille extraordinaire! mais bien difficile à comprendre... » Une nouvelle fois, la même pensée traverse son esprit : « Quel lien y a-t-il entre elle et le préfet?... Il pourrait être son père, et il la traite avec tant de considération! »

Le bruit des réacteurs diminue d'intensité et, dans la cabine insonorisée, on ne perçoit plus qu'un son uniforme, ouaté :

– Désirez-vous quelque chose, Monsieur?

Barsac ouvre de grands yeux étonnés...

– Euh! oui, Mademoiselle, une bière et des cigarettes...

– Blondes, bien entendu, dit Danielle avec un petit sourire moqueur, avant d'aller vers la travée suivante.

« Quel culot, murmure Barsac, rêveur... », puis, revenant à lui, il s'interroge : « Alors, maintenant qu'est-ce qu'on fait? J'ai l'impression d'être dans le bleu, alors qu'en réalité je suis dans le noir le plus complet. Dans le cirage, quoi! J'ai bien l'impression que c'est maintenant, l'avion étant encore en vue d'Orly, qu'il faudrait agir. Mais, quoi? Que faire pour que le porteur du document, pour autant qu'il soit dans cet avion, se manifeste d'une façon ou d'une autre? Je ne peux tout de même pas simuler une crise d'épilepsie? D'autant plus qu'il ne se dérangerait pas pour me porter secours! Bon sang de bon sang, dans quel guêpier me suis-je fourré! »

— Voici la bière, Monsieur! Pour les cigarettes, nous n'avons plus de blondes; vous auriez dû en prévoir dans votre bagage. Mais voici une revue dans laquelle vous trouverez la solution à tous vos problèmes, si toutefois vous en avez...

« Non, mais voyez-vous ça! Je n'ai aucun problème, moi! Comme si j'avais eu le temps de penser à acheter des cigarettes... » Il avale une gorgée de bière en jetant un coup d'œil distrait sur la revue que Danielle vient de lui remettre avec cette phrase sibylline. « Pourquoi pense-t-elle que j'ai des problèmes, marmonne-t-il, et pourquoi me présenter cette revue ouverte? » Et, soudain, il reçoit un tel choc que, durant quelques secondes, il ne sait plus si c'est l'avion ou son cerveau qui vient d'exploser. Il relit le titre en gros caractères : « Caracas, 28 avril. Un avion de la Pan American Airways contraint d'atterrir quelques minutes après son décollage à la suite d'un début d'incendie provoqué par un court-circuit dans la soute à bagages. »

Barsac réfléchit vite. « Ce n'est pas par hasard que Danielle m'a fourré cette revue sous le nez, et ouverte à cette page! Et lorsque j'ai dit au préfet que j'allais jouer au pirate de l'air... ce n'était pas une boutade quand il m'a répondu : " Pourquoi pas! ", et puis aussi cette indication de dernière minute : " Le dispositif de sécurité restera en place jusqu'à 19 h 30... " Si je comprends bien, c'est le moment de passer à l'action... Je dois créer un incident susceptible de faire perdre le nord à notre client... mais comment et avec quoi? Je ne peux tout de même pas mettre le feu à mon fauteuil! A moins que... » Il lui semble alors que son cerveau passe à la vitesse supersonique... « La mallette préparée par la D.S.T., ce n'est pas innocent ça non plus! »

Aussi naturellement que cela lui est possible dans l'état de tension dans lequel il se trouve, Barsac se lève, prend la mallette dans le filet, la pose sur ses genoux et l'entrouvre prudemment, certain maintenant d'y trouver la solution. Mais il a l'air déçu par sa découverte : en évidence sur le linge, il n'y a qu'un paquet de cigarettes – celles qu'il préfère pourtant – et une pochette d'allumettes. « Délicate attention! » murmure-t-il en l'ouvrant. C'est alors qu'il comprend tout! « Bien sûr, le voilà le moyen d'obliger l'avion à faire demi-tour, du moins à en fournir le prétexte. » En effet, le paquet de Marlboro ne contient que 19 cigarettes, la vingtième étant remplacée par un morceau de mèche lente bourrée sur elle-même. Un véritable petit engin fumigène inoffensif et indétectable à tous contrôles. « Ben voyons! grogne-t-il, et où vais-je fourrer cet engin-là? » Mais il n'a pas le temps de réfléchir davantage car Danielle, en reprenant son verre vide, lui souffle : « Sanitaires à droite. »

Barsac glisse le paquet de cigarettes dans sa poche, se lève et se dirige machinalement vers l'arrière de la cabine, tandis que Danielle s'éloigne vers le poste avant.


Barsac a regagné sa place depuis une minute, quand l'un des stewards traverse rapidement l'allée centrale et va parler à Danielle avec de grands gestes, lui montrant l'arrière de la cabine d'où s'échappe une épaisse fumée que le deuxième steward attaque déjà avec un extincteur à mousse.

A l'avant, Danielle a disparu dans le sas de communication avec le poste de pilotage.

Plusieurs passagers, intrigués, se lèvent,

regardent vers l'arrière où le steward fait évacuer les deux dernières travées. Il n'y a pas encore de panique, mais plusieurs visages sont anxieux. Un membre de l'équipage et le steward qui est venu donner l'alerte s'empressent de demander aux passagers de garder leur place. « Ce n'est rien! » vient dire à chaque rang la deuxième hôtesse. Puis, le copilote apparaît, micro en main :

– Mesdames, Messieurs, un incident technique sans gravité nous contraint à regagner Orly. Le commandant me charge de vous dire que vous ne courez aucun danger. Il s'agit d'un court-circuit qui a été maîtrisé mais a endommagé des circuits secondaires qui doivent être rétablis avant de poursuivre notre route. Le vol aura au maximum une heure de retard. Nous vous demandons de bien vouloir nous en excuser.

Tandis que l'officier donnait cette information, l'avion a donné l'impression de se coucher sur le côté en amorçant un virage nettement plus serré que d'habitude. « Cette fois, ça y est, se dit Barsac. Nous faisons demi-tour! Alors, que va-t-il se passer maintenant? » Certains passagers ont automatiquement bouclé leur ceinture. Puis le calme est revenu. Il n'y a guère de réactions lorsque l'hôtesse donne les instructions pour l'atterrissage :

– Mesdames, Mesdemoiselles, Messieurs, dans quelques minutes, nous allons nous poser sur l'aérodrome d'Orly. Le commandant me charge de vous préciser que les procédures d'urgence ne seront pas utilisées pour l'évacuation de l'appareil et vous demande de quitter le bord sans précipitation, dès que l'ordre en sera donné. Le vol 86 aura environ une heure de retard. Veuillez attacher vos ceintures et éteindre vos cigarettes. Merci!

Barsac pense que c'est le moment d'ouvrir l'œil. Son champ de vision assez restreint ne lui permet pas de voir tous les passagers. Les deux fonctionnaires de la D.S.T., à l'avant et à l'arrière de la cabine, sont certainement mieux placés. « Evidemment, pense-t-il, une heure de retard et aucune possibilité de prévenir ses correspondant sans se trahir! Le porteur du message doit se poser quelques questions. Il sait que pendant la procédure d'approche et d'atterrissage, aucun message personnel ne serait accepté. Que va-t-il faire après l'évacuation de l'appareil? »

Autour de lui, les passagers sont calmes et quelques visages tendus. « Quelle misère, grogne-t-il, d'être obligé d'effrayer tous ces gens, pour tenter de démasquer un sale espion! Certes, l'enjeu est de taille! Mais quel métier! Et, le préfet voudrait que j'entre dans ses services! Merci, très peu pour moi! Je préfère encore faire la chasse aux truands, plutôt que de courir après des agents secrets! " Menteur! crie au fond de sa conscience une voix qui ressemble à celle de l'hôtesse déguisée... Si tu te trouves ici, mon petit Pierre, c'est bien pour être avec Danielle. Sois honnête, reconnais-le, que diable! " Voilà que je me prends pour Don Camillo admonesté par le Seigneur... Oui, mais, Seigneur, ce n'est que par dévouement à une noble cause! »

Le Boeing perd de l'altitude, amorce maintenant un virage très large, pour se présenter dans l'axe de la piste. A travers le hublot, Barsac aperçoit un grand nombre de véhicules : ambulances, pompiers, cars et voitures de police. « Cette fois, pense-t-il, on ne cherche pas à camoufler le dispositif de sécurité! Evidemment, un atterrissage en catastrophe quelques minutes après le décollage justifie un tel déploiement de moyens de secours d'urgence... Mais tout ça pour un mini-pot fumigène! »

Dans l'avion, tout est calme. Quelques mots sont échangés; des mains se sont crispées sur le bras des fauteuils, mais il n'y a plus de trace d'inquiétude parmi les passagers. Le sifflement des réacteurs poussés à fond fait passer un dernier frisson, puis surgit le long ruban de la piste; enfin le silence se fait. Les deux portes sont alors déverrouillées, tandis que les escaliers roulants se mettent en place. La plupart des passagers ont débouclé leur ceinture, mais personne n'a encore quitté sa place. Par contre ils se lèvent en même temps, lorsque l'hôtesse annonce :

— Mesdames, Messieurs, nous vous demandons de vous diriger calmement vers les sorties en suivant les indications du personnel de la compagnie. Afin d'éviter de nouvelles formalités de contrôle, vous serez rassemblés dans une salle où un buffet vous sera proposé. Sauf cas d'extrême urgence, aucun contact ne sera possible avec l'extérieur. Dès que les réparations seront terminées, les cars vous ramèneront vers l'appareil sans autre formalité administrative. Nous vous prions de nous excuser encore pour cet incident indépendant de notre volonté.

« Pas de contact avec l'extérieur, voilà qui ne va pas plaire du tout à notre client, pense Barsac. Est-ce là-dessus que compte le préfet pour qu'il se manifeste? Que peut-il faire? Il est prévenu qu'aucune communication ne sera possible avec l'extérieur! Et puis, que se passera-t-il dans le hall? Que vont faire les gens chargés de sa protection en apprenant que l'avion a dû faire demi-tour? Ça aussi, c'est intéressant... Oui, et moi, qu'est-ce que je fais dans tout ça? »

Les stewards et les hôtesses dirigent les passagers vers les sorties. Tout se passe avec calme et même une sérénité retrouvée. On échange quelques propos, personne ne paraît très affecté par cet incident ni très contrarié par le retard. Barsac lui-même ne cherche pas à s'attarder et se laisse conduire.

Au pied de l'escalier, Danielle oriente les passagers vers les cars qui, aussitôt remplis, partent en direction du hall. Au moment où le sien démarre, Barsac aperçoit deux membres de l'équipage, dont le radio, qui descendent de l'appareil, tandis que des employés de l'aéroport montent à bord. » L'équipe de dépannage, sans doute! se dit-il. On semble avoir pris très au sérieux les dégâts occasionnés par un pauvre petit mini-pot fumigène qui n'a fait que de la fumée... sans feu! »

## CHAPITRE 18

Dans la grande salle où les passagers du Boeing ont été rassemblés, le buffet est pris d'assaut. « Voilà une bonne façon de faire passer la pilule », pense Barsac, en se faufilant pour essayer d'atteindre un appétissant toast au caviar, autant pour calmer sa nervosité que sa faim! Et, brusquement, sans le préavis musical, l'appel du haut-parleur l'empêche d'avaler la première bouchée : « Monsieur Pierre Barsac est prié de se présenter au contrôle d'identité. »
Tandis que le haut-parleur renouvelle cet appel, Barsac regarde autour de lui... « Que signifie cette magouille? grogne-t-il. Pourquoi cet appel alors qu'on sait parfaitement où me trouver? Maintenant tous les passagers vont savoir qui je suis! » Puis il se dégage du groupe agglutiné autour du buffet et fait quelques pas

en direction des portes qui donnent sur le hall.

— Monsieur Pierre Barsac? demande près de lui une petite voix.

— C'est moi, Mademoiselle, que se passe-t-il?

— Rien de grave, monsieur Barsac, une simple formalité. Suivez-moi.

L'hôtesse, qui n'est autre que l'inspecteur Baurain, entraîne Barsac vers une porte gardée par un policier de l'air. Là aussi, tout est remarquablement programmé. Le garde ouvre la porte, s'efface pour les laisser passer, la referme sur eux et reprend sa faction. Barsac se retrouve alors dans le bureau dans lequel, il y a moins d'une heure, le préfet lui a donné les dernières instructions. Les trois mêmes personnes sont là, deux à leur Minitel et la troisième à son poste radio, apparemment toujours aussi indifférentes à ce qui n'est pas leur travail. Barsac s'apprête à interroger l'inspecteur Baurain, lorsque le préfet fait son entrée.

— Terminé pour vous deux, dit-il laconiquement. Vous pouvez rejoindre le commissaire Legros, il vous attend dans le hall.

— Alors, c'est raté, monsieur le Préfet? demande timidement Barsac.

— Probablement, répond celui-ci qui, manifestement, pense à autre chose. Merci à tous deux, vous avez bien joué votre rôle. Regagnez le hall mais restez vigilants jusqu'à la levée du dispositif de sécurité, ajoute-t-il en regardant sa montre. Dans un quart d'heure, je donnerai l'ordre de repli général, conclut-il en sortant par la porte par laquelle ils viennent d'entrer.

— Je suis vraiment désolé pour lui, dit Barsac en prenant le bras de sa collègue. J'aurais donné beaucoup pour que cet énorme coup de bluff réussisse. Mais, comme il le disait ce matin, nous avons affaire à des gens très forts, remarquablement organisés et sans scrupules. Bon sang, si j'en tenais un...

— Et moi, fait froidement Danielle tandis qu'ils pénètrent dans le hall où le commissaire Legros les accueille.

— Que se passe-t-il ? demande Barsac, surpris par le spectacle du hall désert.

Il ne reste devant chacune des deux sorties principales que des groupes de policiers de la P.J. et des C.R.S. qui barrent le passage.

— Le préfet a fait évacuer le hall dès l'annonce de l'incident. A l'extérieur, toutes les personnes refoulées sont maintenues et contrôlées par les groupes mobiles CENTAURE appelés en renfort. Ça grogne très fort, mais le préfet a été intransigeant, il ne veut pas qu'un incident se produise dans le hall.

Barsac se penche vers l'inspecteur Baurain. Il va poser une question, lorsqu'il aperçoit un policier en tenue qui vient de sortir d'un

bureau et se dirige vers la cabine téléphonique...
– Danielle! fait-il en serrant le bras de la jeune fille; je connais cette tête-là... sans la moustache... où l'ai-je...?

Barsac n'a pas le temps de finir sa phrase. Brusquement, Danielle rejette son bras, bondit sur l'homme, revolver au poing, le stoppe... au moment où il va atteindre la cabine. L'homme s'est retourné, les traits contractés...

– Les mains en l'air! hurle-t-elle en braquant sur lui un énorme P.38.

« D'où a-t-elle sorti ce bijou? » se demande Barsac, médusé.

Le commissaire Legros a aussi sorti son arme, mais n'intervient pas.

– Ne bougez pas, dit-il simplement à Barsac.

Devant la cabine, l'homme a levé les bras et lance d'une voix très forte :

– Que me voulez-vous? Je suis en service commandé!

– Commandé par qui, salaud? Qui est le porteur du document? s'écrie Danielle. Parle où je te vide mon chargeur dans le ventre... Attention, à trois, je tire!

– Vous ne ferez pas cela, crie l'homme dont le front est perlé de gouttes de sueur. Je ne suis pas armé...

– Mon père n'était pas armé, lui non plus, lorsque tu l'as lâchement abattu... Qui a le document? Attention, à trois, je vide le chargeur... UN... DEUX...

Puis, tout se passe en quelques dixièmes de secondes. Barsac aperçoit en même temps : à la porte de la salle où sont rassemblés les passagers l'homme qui s'effondre entre les deux gardes qui l'accompagnent, Mallaud et Lecoq qui ceinturent un quidam et... une sacrée petite boule qui vient d'être lancée et qui roule, lentement, inéluctablement, vers la cabine téléphonique. En deux bonds, il est sur Danielle qu'il saisit à bras-le-corps, l'entraînant dans un roulé-boulé spectaculaire aussi loin que le permet l'espace limité par le comptoir... Aussitôt, plusieurs policiers se jettent sur eux, faisant de leur corps un bouclier vivant... au moment précis où la grenade éclate dans la cabine téléphonique, la faisant littéralement exploser, tandis que le commissaire qui, lui aussi, a vu la boule rouler vers Danielle, a hurlé : « Couchez-vous! » et, joignant le geste à la parole, a sauté derrière le comptoir.

Le soubassement de la cabine a considérablement freiné les éclats rasants; par contre, le toit qui s'est désintégré a perforé en plusieurs points le plafond du hall, pulvérisant plusieurs projecteurs. Tandis que des éclats de verre et des débris de toutes sortes sont projetés dans tous les sens, à l'extérieur, les gardes éprouvent quelques difficultés à contenir une foule hurlante et paniquée. Puis, les équipes de secours envahissent le hall.

Les policiers qui se sont spontanément précipités sur les deux jeunes gens, se sont relevés. Aucun d'eux n'est sérieusement touché; un seul tient sa main d'où s'échappe un filet de sang, mais un infirmier est déjà près de lui avec sa trousse de secours.

Barsac n'a pas encore réalisé. Couché sur la jeune fille, il la serre toujours dans ses bras. Ils ouvrent les yeux en même temps; leurs visages sont si proches que leurs lèvres s'effleurent presque. Barsac éprouve soudain une sorte de vertige...

Près de lui une voix joyeuse lance : « C'est terminé, les enfants, vous pouvez vous relever... » Et en même temps, Danielle murmure : « Vous m'étouffez, Inspecteur! »

Hébété, n'ayant encore rien compris à ce qui s'est réellement passé, Barsac se redresse, s'appuie au comptoir et se demande s'il est encore sur terre ou en plein ciel, tandis que Danielle toujours à terre, adossée contre la boiserie, tente de remettre un peu d'ordre dans sa tenue.

— Tout va bien, Inspecteur? demande le préfet Bouvier.

— Oui, oui. Très bien, fait Barsac, encore un peu dans le cirage et en aidant la jeune fille à se relever. Mais je voudrais bien comprendre à quoi on joue?

## UN AGENT TRÈS SECRET

Le préfet va parler, quand un policier tend à l'inspecteur Baurain le P.38 qu'elle a lâché au moment où Pierre s'est jeté sur elle.

— Vous avez perdu ça, Mademoiselle... On ne sait jamais, ça peut toujours servir...

— Merci, répond-elle. Mais je n'en ai plus besoin; rendez-le à l'inspecteur Barsac, c'est le sien.

— Quoi? Et où l'avez-vous pris?

— Dans votre étui, au Quai des Orfèvres. Je savais que vous, vous n'en auriez pas besoin!

— Quel culot, murmure Barsac, tandis que le commissaire Legros l'entraîne vers le petit bureau où les trois hommes continuent de travailler comme s'il ne s'était rien passé.

Le préfet entre à son tour et donne l'ordre au radio de transmettre à toutes les unités la consigne de dégagement général. Dans le hall, après les trois petites notes, la voix toujours aussi feutrée d'une hôtesse annonce : « Mesdames, Messieurs, nous vous signalons que les passagers du vol 86 viennent de regagner l'appareil qui va décoller dans quelques minutes. L'aéroport de Rome a été prévenu de ce retard dont nous nous excusons. » Puis l'appel est répété, et le hall, rapidement dégagé par les équipes de secours, s'emplit aussitôt de la foule des accompagnateurs et des curieux qui voudraient bien savoir ce que tout ce cirque signifie!

Dans le bureau, les jeunes gens reprennent leur souffle.

— Voulez-vous boire quelque chose? demande le préfet.

Pierre regarde sa collègue.

— Je prendrai volontiers une bière et vous, Danielle?

— Moi aussi... et brune, bien entendu!

Le commissaire et le préfet s'étonnent de voir soudain les deux jeunes gens éclater de rire en se jetant dans les bras l'un de l'autre. Devant la mine ahurie de leurs supérieurs, Danielle dit en hochant la tête :

— Vous ne pouvez comprendre...

— Euh!... bien... nous essaierons plus tard, fait le préfet Bouvier.

— Et l'homme de la cabine? interroge Danielle après avoir bu une gorgée.

— Tué sur le coup! Vous pouvez l'imaginer après ce qu'il a encaissé...

— Dommage! réplique la jeune fille. J'aurais préféré l'abattre moi-même...

— Je préfère que vous ne l'ayez pas fait, reprend gravement le préfet, et j'ai connu quelqu'un qui aurait été de mon avis!

Accoudée sur la petite table où un serveur vient de déposer les boissons, Danielle prend sa tête à deux mains.

— Danielle! fait le préfet en lui touchant l'épaule.

— Compris, dit-elle en relevant la tête.

— Que s'est-il passé, monsieur le Préfet? demande Barsac qui commence à refaire surface. J'ai cru reconnaître l'homme qui se dirigeait vers la cabine... et surtout, j'ai compris que Danielle et lui allaient sauter avec la grenade...

— Oui, répond le préfet, c'est bien la seule chose qui n'avait pas été prévue dans mon programme et, sans votre sang-froid...

— Pas question de sang-froid, monsieur le Préfet. Je n'ai pas réfléchi, j'ai soudain eu conscience du danger, et j'ai agi par simple réflexe!

— Eh bien! bravo pour la rapidité de vos réflexes, mon garçon. Ce qui s'est passé est très simple. L'homme que vous avez cru reconnaître était en embuscade dans un bureau voisin, revêtu d'un uniforme de la police de l'air. C'était un des hommes chargés d'assurer la sécurité du porteur du message. Il allait vers la cabine téléphonique, lorsqu'il a aperçu, sortant de la salle où étaient rassemblés les passagers du vol 86, un homme encadré par deux policiers. Et là, il a commis une de ces erreurs sur laquelle je comptais. Reconnaissant le porteur du document, il a cru que celui-ci était en état d'arrestation, alors qu'il s'agissait simplement d'un passager qui avait eu un malaise et demandé l'autorisation d'annuler son voyage. Le faux policier a cru la partie perdue et, protégé par son uniforme, a voulu donner l'alerte par téléphone. Vous avez cru reconnaître un visage déjà vu, dit-il à Barsac... mais Danielle, elle, l'a formellement reconnu, car elle avait sa photo dans son sac : un agent à la solde d'un pays étranger, recherché par toutes les polices! Vous comprenez, maintenant, pourquoi Danielle a bondi sur lui? Et cet homme, vous l'avez effectivement rencontré... il y a trois jours, 82, rue du Temple : c'est Jérôme Collin! Et c'est certainement lui qui a organisé l'attentat qui a coûté la vie à David Baumann et a eu le culot de venir dire qu'il avait vu commettre le meurtre par les motards...

— Mais alors, l'homme qui a eu un malaise et a demandé l'annulation de son voyage, c'était bien le porteur du document?

— Certainement!

— Vous avez pu le faire parler?

— Non! Il ne parlera même plus jamais!

Barsac n'a pas le temps d'en savoir davantage. Le médecin légiste, appelé par le service de sécurité, vient faire son rapport.

— Alors, Docteur? interroge le préfet.

— Trois morts, dit laconiquement celui-ci. L'homme de la cabine, par la grenade; celui qui voulait annuler son voyage, par une pastille de cyanure; et le troisième, le lanceur de grenade, par un de vos policiers qui lui a proprement tordu le cou : vertèbres cervicales brisées, sa tête fait désormais un angle de 45° par rapport à son corps.

— Quelle est l'équipe qui était de ce côté-là? demande Barsac.

— Mallaud et Lecoq, reprend le commissaire Legros. Lecoq m'a expliqué qu'il avait vu un policier — déguisé également — se baisser comme pour relacer sa chaussure — alors qu'il portait des bottes. Lui non plus n'a pas pris le temps de réfléchir... Le réflexe ultra-rapide, vous connaissez?

— Eh bien! fait le médecin, si votre client a avalé le microfilm en même temps que sa pilule, il n'aura pas eu le temps de le digérer. Sur ce, bonsoir, mes trois clients m'attendent... Enfin, deux surtout, parce que pour ce qui est de celui de la cabine, on ne peut pas dire qu'il en reste grand-chose à exploiter!

— Comme oraison funèbre, ça ne vaut pas Bossuet, conclut Barsac.

## CHAPITRE 19

Au Quai des Orfèvres, dans le bureau du commissaire Legros, tous les membres de la Brigade criminelle, y compris la nouvelle secrétaire Elisabeth Sauvage, attendent l'arrivée du commissaire, du directeur de la S.T. et du grand patron de la P.J. L'inspecteur Lecoq, que les événements d'Orly n'ont pas ébranlé, essaie de détendre l'atmosphère :

– Crois-tu qu'ils vont nous apporter des fleurs ou des chocolats? demande-t-il à Barsac.

– Lecoq! dit d'un air choqué le principal Mallaud, crois-tu que ce soit le moment de plaisanter?

– Ben quoi! réplique Lecoq, c'est pas parce que j'ai tordu le cou à un salaud que je ne dormirai pas cette nuit! Seulement, il se fait tard et...

– Monsieur l'inspecteur Jules Lecoq a l'estomac en détresse, remarque le jeune stagiaire provençal Félix Cabriès avec son inimitable « assent ». Vous allez voir que dans peu de temps, il va nous inviter à *L'Escargot* !

— Toi, Olive, tu ferais bien de surveiller ton langage si tu ne veux pas finir la soirée au Val-de-Grâce !

— Ecoutez, monsieur Jules, réplique le stagiaire qui ne s'en laisse pas conter, j'ai découvert à Montparnasse un petit restaurant où on vous sert une de ces bouillabaisses... et des pieds Paquet !

— Tu nous casses les pieds avec ta bouillabaisse et...

L'arrivée des trois patrons ne lui permet pas d'en dire davantage.

— Mes amis, commence le directeur de la P.J., je ne suis pas venu pour vous faire un discours, mais simplement pour vous dire combien je suis satisfait de votre action et de l'heureuse conclusion de cette délicate affaire. Je laisse au préfet Bouvier le soin de vous en parler. J'ai cependant une bonne nouvelle à vous annoncer. Votre brigade va être dotée de deux nouvelles voitures radio, d'appareils émetteurs-récepteurs individuels à modulation de fréquence et de la nouvelle arme de poing.

— Et ma machine à écrire? demande aussi ingénument qu'elle le peut la secrétaire, sous le regard réprobateur de tous les autres participants.

Mais le grand patron comprend la plaisanterie.

— Je pense, répond-il avec un petit sourire, que cela n'est pas un problème insoluble, Mademoiselle.

A son tour, le patron de la D.S.T. s'adresse au groupe :

— Je ne suis pas venu, moi non plus, pour faire une distribution de prix. Je veux simplement vous remercier pour ce que vous avez fait pendant ces trois derniers jours et notamment à Orly. Je voudrais surtout souligner que s'il n'y a eu des victimes que du côté de ceux que nous poursuivions, c'est parce que chacun à votre poste, vous avez fait preuve de sang-froid et de discipline... Je ne citerai personne en particulier, mais je veux vous donner un exemple qui m'a frappé : celui du tireur d'élite qui, de la passerelle au-dessus du hall, avait au bout de son fusil l'homme de la cabine téléphonique. Il pouvait l'atteindre sans coup férir et sans faire courir le moindre risque à l'inspecteur Baurain. Il avait pour consigne de ne tirer que sur mon ordre. Je n'ai pas donné cet ordre et il n'a pas tiré. Mais je pense que son doigt a dû se raidir sur la gâchette et je suis certain que son cœur a frémi de colère... mais il n'a pas tiré : ça, c'est de la discipline ! Demain, je ferai mon rapport au ministre. Je ferai apparaître aussi nettement que possible combien a été fructueuse la coordination entre tous les services de police et de sécurité. Pour moi, la preuve est faite de la nécessité de maintenir cette coordination. Maintenant, chacun de nous va reprendre son activité, rentrer dans le rang, retrouver les petites choses de la vie, la routine parfois... C'est sans doute là ce qui est le plus difficile à faire... A tous, je souhaite bon courage pour l'avenir! » Puis, sur un mode nettement plus détendu, il interroge : « Monsieur Barsac, avez-vous toujours autant de prévention contre la D.S.T.?

— Mais, monsieur le Préfet, répond Barsac un peu gêné par une question aussi directe, je n'ai jamais eu de prévention contre vos services; seulement, et vous le savez bien, il me serait très difficile de quitter mon patron et mes camarades de la deuxième brigade.

— Ne nous l'enlevez pas, monsieur le Préfet, dit Lecoq d'un air larmoyant, nous n'aurions plus personne à mettre en boîte! (Rires, dans la brigade tout entière.) Et puis, ajoute-t-il, vous seriez rudement chic si vous nous laissiez l'inspecteur Baurain, car elle est seule a pouvoir tenir tête à notre nouvelle secrétaire, Mlle Sauvage!

— Je suis d'accord, intervient celle-ci très sérieusement, car je suis certaine qu'elle me fera obtenir la machine à écrire dont je rêve : une Olympia Compact 2000.

— Bravo, dit le préfet, vous au moins, vous avez de la suite dans les idées... On vous la donnera votre machine!

— Oh! merci, monsieur le Préfet... parce que je n'osais pas le dire à monsieur le Divisionnaire, mais ce matin, la pauvre vieille Underwood a glissé de sa table et... elle a de nombreuses fractures...

Le préfet et le commissaire participent à la gaieté générale.

— Inspecteur Lecoq, reprend le préfet, il ne m'appartient pas de décider de l'affectation de l'inspecteur Baurain. C'est le ministre qui la prononcera en fonction des désirs de l'intéressée... Quant à la machine à écrire sophistiquée dont vous rêvez, Mademoiselle, je ferai en sorte qu'elle soit comprise dans la nouvelle dotation en matériel de la brigade!

— Monsieur le Préfet, demande Barsac, puis-je vous poser une question?

La sonnerie du téléphone ne permet pas au préfet de répondre. Le commissaire Legros, qui a décroché, lui tend aussitôt le combiné : « C'est pour vous monsieur le Préfet... le commissaire Dumont...

— Je vous écoute, Dumont,... oui,... Ah! très bien... c'est parfait! Mes compliments à tout le personnel du labo. Oui, je passe rue Nélaton dans une demi-heure... Merci, Dumont.

Lorsqu'il repose le combiné, son sourire indique clairement qu'il vient de recevoir une bonne nouvelle.

— Vous vouliez me poser une question, monsieur Barsac? Maintenant, je crois être en mesure d'y répondre...

— Monsieur le Préfet, je voulais vous demander s'il reste une chance de récupérer le document?

— Oui, Inspecteur... Le commissaire Dumont vient de me l'apprendre. Le négatif se trouvait dans la poignée de la mallette de l'homme au cyanure!

— Alors, c'est une réussite complète?

— Complète, monsieur Barsac, grâce à vous tous!

— Mais, reprend Barsac, il y a deux choses que je ne parviens pas à comprendre. Tout d'abord, pourquoi le porteur de document s'est-il donné la mort, alors que rien ne permettait encore de l'accuser?

— Parce qu'il a commis une des erreurs que je guettais, monsieur Barsac. En apercevant Collin bloqué par l'inspecteur Baurain devant la cabine téléphonique, il a cru que la partie était compromise, mais surtout il a compris qu'elle était perdue lorsqu'il a vu rouler la grenade en direction de son complice chargé de sa sécurité. D'autre part, il savait que, de toute façon, il était condamné à mort...

— Mais la peine de mort n'existe plus en

France, même pour ce genre d'individu... ce qui est bien dommage...

— Sans doute, monsieur Barsac, mais il était condamné à mort par ceux qui l'ont mandaté et qui ne lui auraient pas pardonné son échec. Pour eux, il était devenu un être nuisible, ayant compromis tout un réseau savamment organisé. Ils devaient le supprimer à tout prix.

— Et Marik-Volowieck?

— Oh! celui-là... Dès qu'il apprendra l'échec total de l'opération, il se gardera bien d'aller présenter sa note de frais à son employeur et prendra le large. Mais, où qu'il aille, lui aussi, un jour ou l'autre, un agent du K.G.B. lui réglera sa facture... pour solde de tout compte... Mais, vous avez une deuxième question, je crois?

— Oui, monsieur le Préfet, je ne comprends pas pourquoi le lanceur de grenade a voulu tuer son collègue en prenant le risque de se faire tordre le cou, ce qui est arrivé, du reste, grâce à Lecoq!

— Je me suis aussi posé la question. C'est le commissaire Dumont qui vient de me donner la réponse. L'homme à la grenade, comme vous dites, n'a pas eu l'intention de tuer son collègue, mais au contraire de le sauver... Oui, poursuit le préfet devant l'air étonné de tous les participants, son intention était de lancer sa boule entre la cabine et le mur du hall où son explosion ne devait provoquer que l'affolement général et permettre à Collin de s'échapper, car il ne s'agissait pas d'une grenade à fragmentation dont les éclats sont mortels à cinquante mètres à la ronde, mais d'une boule d'aluminium contenant une petite quantité de poudre noire et un détonateur réglé à une quinzaine de secondes... L'intervention de l'inspecteur Lecoq a freiné le lanceur et a dévié son tir! Comme une boule de pétanque, la fausse grenade a roulé plus lentement que prévu et dans la mauvaise direction... Lorsque l'inspecteur Barsac s'est jeté sur l'inspecteur Baurain, la boule roulait depuis une dizaine de secondes... Et Collin, au lieu de la lancer loin de lui, a eu le mauvais réflexe de la jeter dans la cabine téléphonique, provoquant l'explosion qui l'a tué sur le coup! Je peux vous préciser que le lanceur de la grenade est probablement le faux vitrier qui a abattu David Baumann; il n'avait sur lui pour toute pièce d'identité qu'une seconde grenade... mais vraie, celle-ci!... Mes réponses vous ont-elles satisfait, monsieur Barsac?

– On le serait à moins. Je suis surtout heureux d'avoir eu la chance de travailler avec l'un de vos meilleurs agents... secrets, bien entendu.

# CHAPITRE 20

A la gare des Invalides, Pierre Barsac se demande ce que signifie ce rendez-vous donné la veille, après la réunion au Quai des Orfèvres, par Danielle Baurain... Elle n'a pas accepté l'invitation à dîner avec les camarades de la deuxième brigade, elle a dit simplement pour s'excuser : « Ne m'en veuillez pas, mais j'ai encore beaucoup à faire ce soir! » Puis, avant de partir, elle a glissé à l'oreille de Barsac : « Soyez demain, à 11 heures, gare des Invalides, c'est moi qui vous invite à déjeuner! »

Barsac s'est réveillé très tôt, ce matin.

Depuis six heures, dans son studio du Boul' Mich', il traîne pour préparer son petit déjeuner et faire sa toilette. Peu sensible au rayon de soleil qui s'infiltre dans la pièce, il va de long en large, allume une cigarette et jette un regard distrait sur le boulevard qui commence à s'animer. En fait, depuis la veille, il se pose de nombreuses questions au sujet de Danielle...

« Pourquoi le préfet Bouvier a-t-il répondu si évasivement à la question de Lecoq sur l'affectation de l'inspecteur ? Il est le grand patron de la D.S.T. oui ou non ? »

Et cette révélation de Danielle sur la mort de son père ? Voilà pourquoi, sans doute, le préfet la traite avec tant d'égards ! Le père de Danielle Baurain était sans doute l'un de ses collaborateurs ? Oui, ce doit être quelque chose comme cela !

« J'ai dû être très maladroit avec elle, pense-t-il encore... On n'a pas idée, non plus, de vous parachuter une femme dans une brigade comme la Criminelle, surtout sans vous prévenir... » Mais cette réflexion fait surgir dans sa mémoire l'image de l'arrivée de l'inspecteur au Quai des Orfèvres... la stupeur générale... le vol plané de Lecoq... et la soirée à *La Taverne des Templiers*. Puis, d'autres images : tout le travail effectué avec elle, rue du Temple, au Centre de Villacoublay et surtout à Orly !

Le temps lui paraît passer si lentement qu'il décide de se rendre à pied à la gare des Invalides. C'est avec une bonne heure d'avance, et malgré tout d'un pas rapide, qu'il va le long des quais.

Le soleil qui daigne, enfin, montrer un peu plus qu'un pâle et fugitif rayon, fait miroiter l'eau glauque de la Seine où des péniches semblent dérouler derrière elles un long ruban d'écume. Perdu dans ses pensées, Barsac ne voit pas les sourires d'un printemps tardif; le son des cloches du dimanche n'éveille en lui qu'un lointain écho et il doit s'excuser après avoir heurté un promeneur.

Poursuivant un monologue silencieux, il s'interroge sur ce que Danielle doit penser de lui. « Pourquoi partirait-elle si rapidement? Il est vrai qu'elle n'était détachée à la brigade qu'à titre provisoire, trois jours seulement! Peut-être aussi est-ce elle qui ne veut pas y rester? Est-ce à cause de moi? »

Pierre est encore si en avance lorsqu'il traverse le pont Alexandre-III qu'il décide d'aller jusqu'à l'esplanade. Mais il fait rapidement demi-tour : « Si, par hasard, elle était là... Pour rien au monde je ne voudrais la faire attendre! » En fait, l'inspecteur Baurain a un bon quart d'heure d'avance lorsque Pierre l'aperçoit qui descend d'un taxi. « Bon sang! murmure-t-il, j'ai failli être en retard! »

– Bonjour, Pierre. Que dites-vous de ce beau soleil?

– Bonjour, Danielle... le soleil? Ah oui!... cela fait longtemps que nous l'attendions...

– Vous avez l'air bien préoccupé. Quelque chose ne va pas?

– Oh! non, tout va très bien...

– Venez, le car va partir...

– Le car? fait Barsac, surpris.

— Oui, le car pour Roissy.
— Ah! parce que nous allons à l'aéroport Charles-de-Gaulle?
— Je vous emmène tout simplement déjeuner au restaurant panoramique, *Les Valois*.
— Ah bon! dit Barsac, déjà un peu rassuré. Mais pourquoi aller jusqu'à Roissy?
— J'ai pensé que cela nous rappellerait notre court voyage d'hier. Et aussi, dans ce cadre qui nous montre les choses d'un peu plus haut, que nous pourrions parler d'autre chose que du travail... de nous, par exemple...

Barsac sent se déclencher en lui un certain nombre de vibrations qui n'ont rien à voir avec la suspension du car qui vient de démarrer.

— Mais, bien sûr! dit-il. Nous n'avons guère eu le loisir de le faire depuis que vous êtes arrivée à la Brigade. Mais avant toute chose, je voudrais vous dire combien j'ai été heureux de travailler avec vous! Oh! je me rends bien compte combien j'ai dû être maladroit; mais que voulez-vous, nous avons tellement l'habitude de ne travailler qu'entre hommes... et puis, je commence à être un vieux garçon...

— Ne dites pas de bêtises, Pierre, vous allez me couper l'appétit! Nous reparlerons de tout cela tout à l'heure...

Le reste du trajet se passe en silence. Vingt-cinq kilomètres par l'autoroute, ce n'est pas un long voyage, mais le cerveau de Barsac continue à fonctionner : « Curieuse, cette invitation à l'aéroport! Cependant, elle n'a aucun bagage; elle n'a donc pas l'intention de prendre l'avion! Oui, mais elle a bien parlé d'un déplacement... Alors, à partir de l'aéroport Charles-de-Gaulle, le moindre déplacement passe la Méditerranée ou l'Atlantique, voire le Pacifique! Oh et puis, zut! on verra bien... »

Au restaurant, le maître d'hôtel les conduit aussitôt à une table qui porte l'étiquette : « Réservé. » Deux couverts, pas de menu sur la table, mais, dès qu'ils sont installés, le sommelier vient déboucher une bouteille de gewurztraminer, suivi d'un serveur qui apporte des fruits de mer! « Décidément, pense Barsac, tout a été prévu! »

– Bon appétit, monsieur Barsac, dit Danielle avec un sourire et un visage détendu qu'il ne lui avait encore jamais vu.

– Merci... et vous aussi, Danielle. Vous avez fait des folies...

– J'ai failli en faire une!

– Vous? Danielle... et laquelle?

– Rester à la Brigade criminelle!

Barsac, la fourchette en l'air, en a le souffle coupé! Il boit une gorgée de vin.

– Naturellement, c'est à cause de moi que vous partez. J'ai donc été désagréable à ce point?

– Mais non, Pierre, ce n'est pas à cause de

vous que je pars. Simplement mon devoir m'appelle ailleurs.

— Alors, c'est bien cela, dit-il tristement, vous allez donc prendre un de ces avions. » La gorge serrée, il parvient à murmurer presque pour lui seul : « Et vous savez ce que vous laissez derrière vous ?

— Pierre, ne gâchons pas ce moment de détente... nous allons parler de tout cela. Mon avion doit décoller à 15 heures. Nous avons encore un peu plus d'une heure à passer ensemble... Vous n'êtes jamais venu ici ?

— Non, c'est la première fois. Je pense que ce sera aussi la dernière.

— Il ne faut pas dire cela, Pierre. Voyez-vous, plus on avance en âge, plus on constate qu'il y a dans l'existence de nombreuses « dernières fois » !

Barsac regarde sa compagne avec un certain sourire.

— Vous êtes vraiment très raisonnable, Danielle... peut-être un peu trop !

Il est 14 heures lorsqu'ils descendent de la terrasse qui domine l'aéroport. Danielle a pris le bras de Pierre : à pas lents, comme deux promeneurs du dimanche peu pressés par une si belle journée de rentrer à la maison, ils se dirigent vers le terminal B de l'aéroport. Comme ils s'approchent du grand hall, Pierre rompt enfin le silence :

— Alors, c'est vrai, vous partez ? » Comme s'il doutait encore de cette éventualité, ou gardait un espoir de lui faire changer d'avis. « Et vos bagages ?

— Je les ai expédiés hier soir. C'est la raison pour laquelle je n'ai pu rester dîner avec vous.

— Et c'est hier soir que vous avez brusquement décidé de partir ?

— Non, Pierre, ce départ est prévu depuis longtemps. Les événements d'hier n'ont fait que le précipiter.

— Parce qu'en restant en France vous courez désormais de très gros risques ?

— Disons que c'est quelque chose comme cela.

Ils ont pénétré dans le hall et se dirigent vers le comptoir de la compagnie U.T.A. tandis que le haut-parleur fait une première annonce. Mais, préoccupé par ce que vient de dire la jeune fille, Barsac ne l'entend même pas.

— Je vais être très indiscret, Danielle, et vous pouvez ne pas me répondre : votre père...

— Mon père était le collaborateur du préfet Bouvier. Un de ses meilleurs fonctionnaires pour l'Afrique du Nord et le Proche-Orient... Il y a six mois il a été attiré dans un guet-apens et lâchement assassiné par un de ses correspondants, un agent double, du nom de Jérôme Collin. J'ai découvert la preuve dans les archives de mon père, il y avait même sa photo sous divers déguisements. A Orly, je l'ai immédiatement identifié... Et, si des gouttes de sueur ont perlé sur son front lorsque je l'ai menacé, c'est qu'il savait qu'avec moi, il était un homme mort! Déjà, en 1983, mon père avait été blessé à Paris. Le patron l'avait alors envoyé en Afrique du Nord où il avait de nombreux amis, comme vous-même, je crois... C'est là qu'il vous a connu, Pierre... il vous estimait beaucoup!

— Vous dites?... Mais, comment me connaissait-il? Je n'ai jamais travaillé avec la D.S.T.

— Oh si! rappelez-vous une certaine visite à Marrakech, chez votre ami Bachir Ben Bélaïd... Vous y avez rencontré un vieux Berbère, Azrak Rajoul.

— Azrak Rajoul! répète Barsac avec une émotion qu'il ne peut dissimuler, « L'homme bleu »! C'était lui?

— Oui, mon père, M. Rolland.

— Je suis désolé, Danielle! Mais pourquoi ne m'avez-vous pas dit cela plus tôt, dès que nous nous sommes rencontrés?

— C'est mieux ainsi, Pierre. Mais sachez que ce que vous avez fait hier pour moi le récompense largement de ce qu'il a pu faire pour vous.

Dans le hall, la voix de l'hôtesse retentit de nouveau. Parvenus au comptoir de la compagnie, Danielle se retourne, regarde son compagnon :

– Pierre, je voudrais vous poser une question, la dernière.

– Je vous en prie, Danielle, mais dites seulement : « une question »... pas la dernière, car j'espère qu'un jour vous aurez l'occasion de m'en poser quelques autres...

– D'accord, Pierre, en effet il ne faut jamais désespérer, ce serait lâche! Sincèrement, ajoute-t-elle, si le préfet Bouvier vous demandait encore d'entrer à la D.S.T., accepteriez-vous?

– Oui, si vous y restez... Non, si vous partez... Pourquoi partez-vous, Danielle? Pourquoi? Et où allez-vous?

– Mission secrète, fait-elle en mettant un doigt sur ses lèvres.

– C'est ça! En Nouvelle-Zélande, bien entendu?

– Non! Ecoutez...

La voix de l'hôtesse retentit et, cette fois, Barsac écoute l'annonce : « Mesdames, Mesdemoiselles, Messieurs, la compagnie U.T.A. invite les passagers du vol 565, à destination de Nouméa, à se présenter au contrôle. Embarquement immédiat. »

– Nouméa, répète Barsac machinalement. Alors, c'est en Nouvelle-Calédonie que vous allez? Dans le plus grand secret, évidemment. Et, vous allez couler quoi, là-bas?... un autre *Rainbow Warrior*?

– Non, mais... je l'espère... des jours heureux!

- Ah! fait Barsac, dépité... parce qu'il vous arrive de temps en temps d'aimer autre chose que votre travail?... peut-être quelqu'un?
- Qui sait, dit Danielle en lui tendant la main... Au revoir, Pierre. Vous êtes trop curieux...
- Et vous, Danielle, vous êtes un agent vraiment très... secret!

# PRIX DU QUAI
# DES ORFÈVRES

LE PRIX DU QUAI DES ORFÈVRES, fondé en 1946 par Jacques Catineau, est destiné à couronner chaque année le meilleur manuscrit d'un roman policier inédit, œuvre présentée par un écrivain de langue française.

• Le montant du Prix est de 5 000 F remis à l'auteur le jour de la proclamation du résultat par M. le Préfet de Police de Paris. Le manuscrit retenu est publié, dans l'année, par la Librairie Arthème Fayard, le contrat d'auteur garantissant un tirage minimal de 50 000 exemplaires.

• Le Jury du Prix du Quai des Orfèvres, placé sous la Présidence effective du Directeur de la Police Judiciaire, est composé de personnalités remplissant des fonctions ou ayant une activité leur permettant de porter un jugement sur les œuvres soumises à leur appréciation.

• Les manuscrits doivent être dactylographiés et déposés, ou expédiés en recommandé, en triple exemplaires (dont un original), avant le

30 avril, à M. Eric de Saint Périer, Secrétaire général du Prix du Quai des Orfèvres, S.E.R.T., 38, avenue de l'Opéra, 75002 PARIS.

• Toute personne proposant un manuscrit s'engage à accepter toutes les conditions du règlement du Prix qui peut être demandé au Secrétariat du Prix du Quai des Orfèvres.

IMPRIMÉ EN FRANCE PAR BRODARD ET TAUPIN
Usine de La Flèche, le 20-11-1987
35-17-7828-01
ISBN : 2-213-02056-6
1014-5 - Dépôt légal : novembre 1987
N° d'Éditeur : 7106
*Imprimé en France*

35.7828.3